天下文化

BELIEVE IN READING

家傳

姚任祥

《說文解字》是一部古代漢字字典，最早成書於東漢時期的兩千年前，對於漢字的詞義有著詳細的解釋。其中有一段對於「家」字的解釋如下：

「家」字原本是由「宀」和「豕」兩個部首組成，表示豬圈，後來逐漸轉化為表示房屋的意思。其本義是指家畜棲息的地方，引申為人們居住的地方。在《說文解字》中，「家」字的解釋為：「室也，言宀中之室也。從豕。」即表示「家」是指房屋，是由「宀」和「豕」兩個部首合成的字，意思是在屋頂下豬圈之中的房屋，引申為人們居住的地方，家庭的意思。

家

傳

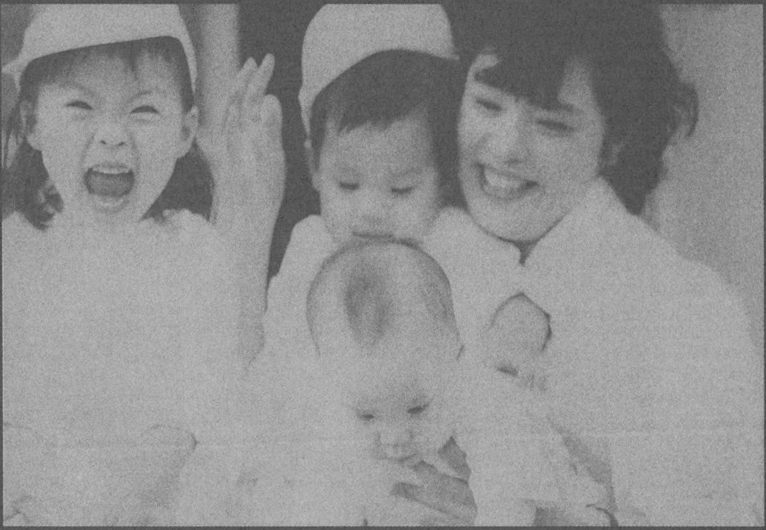

姚仁喜 攝影

味

憶

情

作者序

姚任祥

在所有文字中，我最喜歡也最重視「家」這個字；因為「家」不僅維護所有生命的成長，更是激發人類智慧與文化演進的基石。

當「家」與另一個字「傳」結合起來，形成「傳家」，這就意味著對傳統的繼承。在中國文化最早的記載，西周康王時代即出現「子子孫孫永寶用」的金文紀錄，是青銅器上常見到的銘文。這句話是期望後世子孫能永世流傳，銘記和珍愛。這說明了我們的文化自商周時期，人們即有不朽的傳承意識。

時至二十一世紀，我選擇留給孩子的銘記傳承是一套書《傳家——中國人的生活智慧》。在這套書中，我巨細靡遺的呈現我對這個課題的經驗與追索，以幾個段落，做出一套適用於現代生活的百科全書，也收錄了許多生活記憶的散文。

二〇一〇年，《傳家》終於問世。我趕在這時出版，是有象徵性的意義的，因為那年我的大女兒姚姚大學畢業，大兒子ＪＪ二十歲，小兒子小元則是高中畢業，正要離家去讀大學。能完成這套書並放進他們的行囊裡，我感到非常高興，這是我們一家人共同完成的里程碑。

書出版後的迴響，讓我體會很多人都有著對文化延續的渴望，都需要一個跟家人共同設計的生活準則，「傳家」的概念受到了重視，讓我非常的欣慰。繼繁體版後，簡體版與英文版相繼問世，去年底則開始著手進行日文版。我出生於一九五九年，能在耳順之年完成這些夢想，是上天的恩寵，是三生有幸，難能幸福的經驗。

台灣的遠見天下文化在繁體版出版的第十二年，提出了把四套書中屬於我個人生活的文案集結成另一本散文書，我欣然同意。對我而言，任何一件可能留下美好回憶、能夠被深深珍愛，甚至成為家庭傳承的事，我都希望記錄下來，因為這些都是傳遞愛與智慧的重要方式，也是對我們文化遺產的一種珍視和傳承。我相信不管用任何方式，記錄自己祖輩的故事、時代的樣貌、一封短箋、一篇食譜、一段家訓……都是每一人最珍貴的收藏品，已經出版的《傳家》，有屬於你我共同的古訓、美學、藝術、保健、飲食、生活常識、歷史故事等；但你我不同的生命經驗，值得撰述，值得保存，讓後代認識自己的祖輩。我非常高興出版社的用心，也願意全力去促成。

回想當年製作四大冊書的時候，文案圖片散在整個家，牆角東一落西一落的資料，讓家人進出都要用跳的才不會踏到我的段落分類。快到我生日的一天，仁喜問我：「妳要什麼生日禮物呢？」我說：「我要你幫我把堆在地上這些東西組合起來，幫我取名字，可以嗎？」他認真的趴在地上東看西看，拿出他那建築師的筆開始打格子，幫我把內容分成六大類。

又過了很久，他突然說：「天哪！妳這不就是在傳家嗎？」謝謝他成就了《傳家》這麼大器的書名。

這回這本散文集，出版社提議了很多名字，也注解很多命名的理由，我都有所保留。今年農曆年期間，仁喜與我做背包族，去墨西哥旅行，途中他看他的書，我在校對本書的文案，我們偶爾交換書看，我又問他怎麼命名好呢？他在回程的飛機上突然冒出一句：「理所當然就叫《家傳》才切題呀！」

知我者仁喜也！

遠見天下文化出版社的王力行發行人，是我認識多年的好朋友，終於可以一起合作，讓我倆都非常的期待。我也有幸能與吳佩穎總編輯與郭昕詠副總編輯的團隊一起學習，我是一個業餘作家，他們的專業態度讓我再度咬文嚼字，檢查文字間需要負責任的態度，還有作者該說明清楚的邏輯等，這對我是一個挑戰，也是非常寶貴的經驗。我要謝謝陪伴我多年的陳怡茜小姐，她總是能幫我照顧好每一次不同版本的書。我也要謝謝尹琳琳老師主導的書籍設計，讓本書有纖細的質感，有層次，具幽默感。

我把仁喜自孩子小時候開始，為他們講故事時畫的許多圖繪都拿出來，加上孩子們的塗鴉繪畫，企圖讓這一類的「家傳」也收入這本書中來。這些圖畫多半是在全家一起旅行時的隨筆，有些畫在餐巾紙上，有些在雜誌的一角，現在一併刊登出來，雖然調性不一，但溫暖猶存，這是我們一家人的美好記憶。

願以本書，拋磚引玉，祈願讀者大眾，都花心力做自己的家傳，載滿每一個家的記憶，以此傳家。

姚姚

JJ

小元

姚仁喜

姚任祥

味

佛跳牆與家族樹

善為傳家之寶，深信因果報應，力行布施忍辱。

我們的家族很像一鍋佛跳牆，成員各有獨特的才華，當聚在一起時，卻是這般的濃郁芳香，而又清淡有味。

佛跳牆與家族樹

兒女大了，所有活動都得配合他們的時間表。女兒姚姚放假回台灣，年前得回學校，我們姚、任兩個家族，三代二十人加上姚姚的美國同學柏康共二十一人，提前於尾牙這天在我家吃了一頓熱熱鬧鬧的團圓飯。催生這頓聚餐的，就是姚姚。

我們兩家結親二十多年，常有各種親族聚會，全員到齊吃團圓飯可是破題兒第一遭。大概也只有姚家這個長孫女請得動三代人挪出時間同聚一堂。為了應景，我準備了四十二個紅包，裡面裝著巧克力金幣及一句對聯；上聯的紅包放在茶盤裡，下聯的紅包分別放在餐桌的二十一個位子上，每人入座前先拿茶盤裡的紅包，再去餐桌找下聯，找到即是自己的位子。這找位子的過程很有趣，立即把聚餐的氣氛炒熱了。柏康不會中文，他的對聯最簡單：「一二三四五六七，七六五四三二一」。其他的對聯則都是具有深意的吉祥話：「鼠去牛來辭舊歲，龍飛鳳舞慶新春」；「喜看大地鶯歌燕舞，笑迎農家馬壯牛歡」；「尋常無異味，鮮潔即家珍」；「紫米川鹽樣樣不少，甜香酸辣味味俱全」……

這麼多人聚餐，我們並沒有叫餐廳外燴；除了我公公的日式紅豆麻糬買現成，其他端上桌的餐點都是各人在自家廚房精心做好的。任家帶來宜興砂鍋、上海式梅乾菜扣肉、砂鍋魚頭、獅子頭、紅豆鬆糕、烏魚子、紅燒蹄膀；姚家帶來客家式梅乾菜扣肉、素什錦、清炒時蔬、冷盤、潤餅、車輪、台式鹹年糕、滷肉飯。仁喜燒他的招牌西班牙海鮮飯，我做南京糯米糰子與佛跳牆。我家三個孩子做了南瓜濃湯、台灣甜年糕、炒粄條及紅蘿蔔蛋糕。柏康則做義大利千層麵。加上各房帶來的日本清酒、葡萄酒、陳紹、梅子酒，吃的喝的近三十樣。我公公說著台灣國語，我母親說著吳儂軟語，孩子們說他們的英文國語，我們中間這一代則一口標準國語。東方與西方，外省和本省，三代人「混」得好盡興！

聚餐之前，我特別把剛在電腦裡完成的家族樹列印了一張貼在餐廳牆上，樹上共有兩家八代三百二十一個人名，趁機讓孩子們了解親族的生命源起與各人的成長密碼，並增補遺漏之處。這可愛的家族樹，在電腦裡可放入個人簡介、照片、通訊資料，還可加上各人想跟家人說的話、生活近況、工作成果或作品，讓家族成員不管在何處都能上網點進去分享。仁祿將把這棵家族樹放到他的部落格，讓所有親人隨時增補，相信它會不斷長大，枝葉越來越茂密。

以前過年，我們家和姚、任兩家的長輩總是分開吃團圓飯的。我公公姚望林先生祖籍福建漳州，出生於桃園，今年八十三歲，是來台第六代。一九二六年他出生時是日本國民，八歲入公學校接受日本初等教育六年，再讀高等科兩年，然後考入台北商工專修學校，畢業後考入台灣銀行總行營業部工作。他青年時代經歷了太平洋戰爭，並曾被日本政府徵兵，好不容易抗戰勝利回歸為「中國籍」，卻又於民國三十六年親歷二二八事件的打擊。但他從不激進，辛苦的賺錢養家，以微薄的薪水成就四個孩子的高等教育，讓他們在極度自信自在的環境成長，追尋各自的夢想。

仁喜的母親不幸於他大學畢業那年病逝，我們稱她是「天上的阿嬤」。在我心目中，她與我公公都是最偉大的平凡人，才能把每個孩子教養得各具特色又各有成就：仁祿從事創意設計，仁喜做建築設計，仁恭專長於燈光設計；唯一的女兒明芬則成了虔誠的基督徒。

公公與仁喜的繼母住在汐止，每次我到他家，電視大多停留在ＮＨＫ，我也因此獲得到一些最新的日本資訊。他的日文比中文好，喜歡寫俳句，前幾年八十大壽，兒女們特別幫他出版《我的和歌日記》。最近除了幫慈濟功德會做義工翻譯日文，有空仍然以寫俳句自娛。

我家的背景和仁喜家是非常不同的。我父親任顯群是江蘇宜興人，母親顧正秋是南京人，他們分別於一九四九年之前來到台灣，我父親並且是帶著小白旗到中山堂去調解二二八事件的成員之一；後來做過省財政廳長，任內發行愛國獎券並創設沿用至今的統一發票制度，不幸已於一九七五年往生。我母親出版過《休戀逝水——顧正秋回憶錄》等傳記，年長的一輩對他們的故事都略知一二。

我母親的外婆住在上海，因為父親早逝，她與兩個姊姊從小就跟著母親從南京移居上海，經歷過日本人進攻上海的驚恐，走在路上也常被日本兵刁難，後來又聽說南京大屠殺的慘劇……。只要說起日本人，我母親與阿姨無不咬牙切齒說：「沒有人性！」前幾年傳出日本想竄改侵華歷史，報章雜誌大加批判，母親又在我與仁喜面前大大數落了一番日本人。事後我打電話給她：「媽媽大人，您說的都對，但別忘了，我的公公可是半個日本人喲！」她才突然想起，連說：「對不起，對不起，我忘了！」

我平時很少看電視，每次去母親家一定會看到幾位固定的電視名嘴侃侃而談，好像他們是她家的常客。那時我就會想起公公家的NHK畫面。

我母親與我公公年齡相仿，不同的成長背景養成了不同的生活文化，一九八五年我與仁喜結婚時，對於雙方習俗與禮數的不同煞費周章。我倆最後協議：你處理你那邊，我打理我這邊。

我公公曾告訴我姚家從福建移民到台灣的故事，充滿了轉折和啟示。尤其是族譜的家訓：「善為傳家之寶，深信因果報應，力行布施忍辱。」更讓我了解他那平凡的家庭，為什麼能教養出有禮貌又有創意的兒女。我母親常對人誇獎仁喜這個台灣女婿善良又孝順，也常告誡我這「花頭多」的媳婦不要嚇壞了人家。這麼多年來，我與仁喜秉持著「他不嫌我油膩，我不嫌他清淡」的生活哲學，彼此尊重和包容。在團圓飯的餐桌上，客家梅乾菜扣肉微酸，上海梅乾菜扣肉微甜，各有特色。同樣是米做的台灣年糕與紅豆鬆糕，都有著過年吉祥的味道。南京小糰子與日本麻糬並列一盤，也一樣受歡迎。我同時觀察到，下一代因為沒有文化包袱，幾乎是全盤通吃，他們的收穫最多！

這頓團圓飯我決定做佛跳牆，也有著相互包容的象徵意涵。好吃的佛跳牆烹調原則是需要讓每一種食材保留自己的個性，但又可以汲取其他食材的精華，製作的食材也因人而異。我是以鮑魚、婆參、魚肚等海產為主軸，配以雞、羊肘、豬蹄尖兒、虎皮鴿蛋、冬筍、火腿、香菇、豬肚、干貝等等。這些食材都需預先分別處理，或發或泡，或蒸或煮或炸，過程極為繁瑣，總之是要去其腥濁油膩之氣。然後放入陶甕加上雞湯，密封後放入更大的鍋中以小火燜蒸六個多小時，讓味道相互融合。整個製作過程前後三天，呈現出來的是既厚重又清淡、筆墨難以形容的美味。

整個餐會說說笑笑，孩子們還表演節目助興。最後，每個人單獨的指著家族樹上那片自己的葉片照相留念。我因為忙於上菜，等親人走後才坐在這棵樹前好好的喝一碗佛跳牆。那時突然覺得，我們的家族很像一鍋佛跳牆，成員各有獨特的才華，當聚在一起時，卻是這般的濃郁芳香，而又清淡有味。

米與虎巫婆

飯碗裡不能剩下飯菜，
浪費食物罪上加罪，

這是中國父母一致認同並身
體力行的。

米與虎巫婆

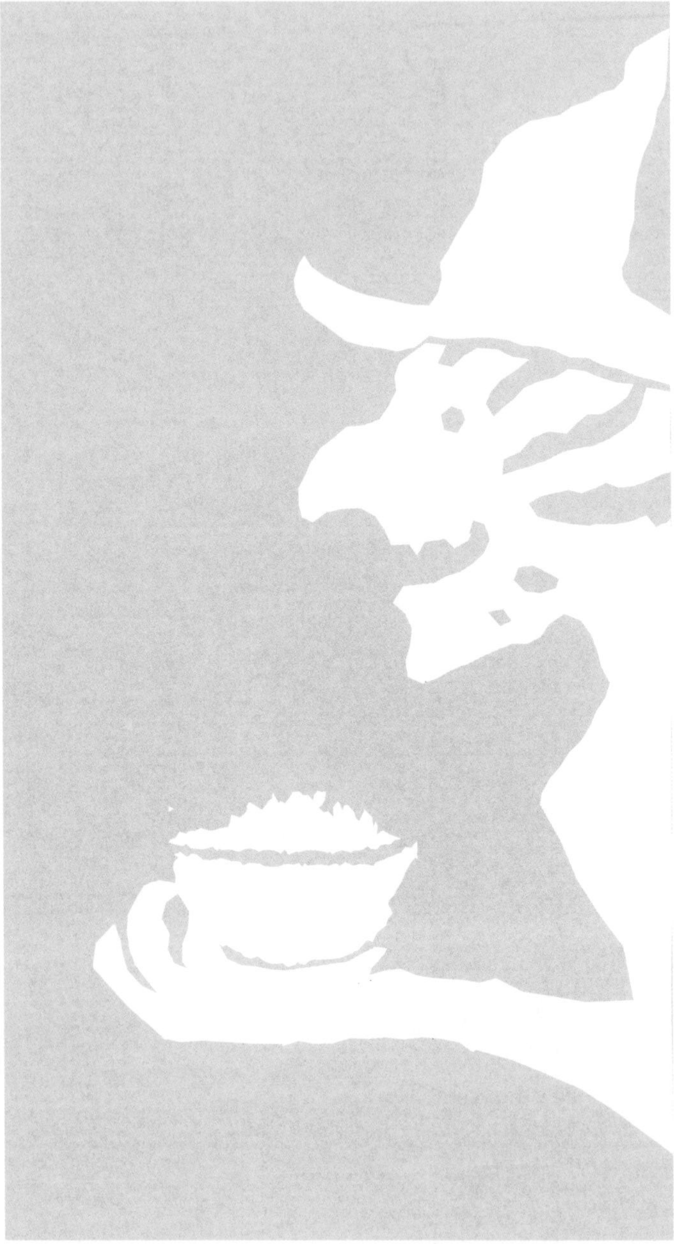

每一個中國人，大多會背唐朝李紳這首〈憫農〉的詩：「鋤禾日當午，汗滴禾下土。誰知盤中飧，粒粒皆辛苦。」師長教我們背這首詩時，都告誡我們要珍惜食物，不可浪費。有的父母則會以比較婉轉有趣的方式，告誡飯沒有吃完的小孩說，以後長大會娶（或會嫁）一個麻子臉的太太（或先生）——我一度也曾沿用這種方式。

我的三個孩子，小時候吃飯都很慢，晚餐對我是一段長期奮戰的時間。尤其是老三，常常把飯含在嘴裡，睜著大眼睛發呆，半碗飯往往要吃一個多鐘頭。他的姊姊哥哥好不容易吃完離開了餐桌，我邊收邊洗邊哄邊罵，收得差不多還得捲起袖子跟他繼續奮戰。我對他說：「小元，你一定要吃完飯，碗裡不要剩東西，不然你以後娶的太太會是個麻子臉！」為了加強效果，我還把麻子臉畫給他看，他看完瞪著我臉上的雀斑，大概以為他爸爸小時候也是沒把飯吃完，才會娶到我這個「麻子老婆」吧？

這句話的版本有時也會更改，譬如娶到一個巫婆或母老虎等等，總之既有想像的趣味，又兼有恫嚇的效果。有一天又剩我們兩人奮戰，他大概知道我又要說什麼，突然問我：「媽媽，我的太太在哪裡？」我聽了大笑不止，他卻一臉茫然。

小元從小是個很安靜的孩子，從不吵鬧，心腸柔軟，脾氣好得讓我們心疼；姊姊哥哥說話又快又多，也都輪不到他講話。每次他用那雙大眼睛看著我們四人對話，終於輪到他可以發言了，還沒講到重點又被姊姊哥哥打斷了！我們嘲笑他會娶到一位很兇的麻子太太，或是母老虎，或是巫婆，他也不以為意。他爸爸還笑說，將來小元家的車庫，要有設計給巫婆放掃把的地方……好脾氣好心腸的小元，就這樣活在我們開玩笑的世界中。

有一天我們吃麵，又剩下他一個人沒吃完，我又一邊收拾一邊說：「小元呀，乖，快吃完，吃不完會娶個麻子臉太太哦！」我收拾完再坐回他的娃娃椅邊，他又用他的大眼睛盯著我問：「媽媽，飯吃不完會娶個麻子臉太太；那麵吃不完會娶到什麼太太？」我實在是又好氣又好笑，於是拿了張紙，畫了隻老虎，說麵吃不完是一條一條的虎巫婆呦！他點點頭，硬是把麵一根一根的吸進嘴吃完了。有一天小元又問我：「媽媽，暴龍最厲害對不對？」我說對啊，他說，那暴龍可不可以吃掉虎巫婆？我聽了不禁一愣，驚覺到可憐的小元每天活在那碗吃不完的飯的陰影下，同時也自責玩笑開得太大了。

飯碗裡不能剩下飯菜，浪費食物罪上加罪，這是中國父母一致認同並身體力行的。小時候，我認識一位庾婆婆(她是男歌手哈林的婆婆)，每次跟她一起吃飯，她總是細嚼慢嚥，吃完還會在碗裡倒入一點溫開水，把黏在碗內的碎米飯攪和一下，再把水喝完。她告訴我，這樣子下輩子還會有食物吃。她惜物的姿態給我留下深刻的印象。現在常看到浪費的餐後畫面，庾婆婆端起那碗水緩緩喝下的畫面就會出現在我面前。

由於地球暖化日益嚴重，氣候變化影響植物生長，土地過度利用，違反自然的農耕法則，使得世界許多地方面臨糧食短缺的窘境。最近看到報導說，將利用科技研發奈米食物，以減少人類對食物的需求量，看來似乎是解決的方法之一，卻也是人類最大的諷刺。民以食為天，這個基本生存法則已經遭到威脅了。

自小到大，米食教育除了教導我們「粒粒皆辛苦」以外，也教導我們剛結穗未飽滿狀態的稻穗是挺直腰桿理直氣壯的，而飽滿成熟的稻穗是低下頭的，這也很像做人的道理。唐朝布袋和尚有首詩：「手把青秧插滿田，低頭便見水中天；六根清淨方為道，退步原來是向前。」稻米除了豐富我們的飲食文化，還傳遞了做人處世修身的訊息，身為中國兒女，當知珍惜與感恩。

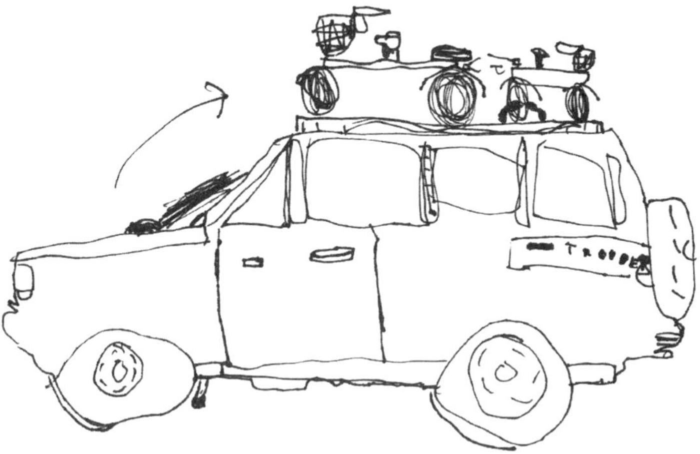

味

圓專

我再次看到余伯母，
她徹底換了個樣子。

雖然仍挽著髮髻，卻染了黑色，穿了時興的
套裝，顯得年輕很多。

家傳

圓團

台灣肉圓是很有特色的點心，它的外皮材料由在來米粉、蕃薯粉與太白粉混合製成，表面透明光潤而飽滿，裡面餡料多半是五花肉丁、香菇丁、筍丁；更講究些的還放蝦仁，都需配紅蔥頭炒過。包好的肉圓，彰化是用油炸，屏東用蒸籠蒸，台南則會先蒸再下油鍋，形成不同地方的特色。吃的時候，要先剪開來，淋上各自調配的醬料再撒上香菜，口感潤滑而滋味甘甜，別的地方都吃不到呢！

我很喜歡做糰丸之類的米食，雙手揉著磨好的米粉，有一種細緻柔滑的感覺。大概十四歲的時候，爸爸要我去余伯伯家學做宜興糰丸子。余伯伯長得很帥，我以前見到他總是西裝筆挺，一頭抹了髮油的黑髮又亮又服貼。余伯母則是那天去她家學做糰丸子才初次見到，看起來似乎比余伯伯蒼老。她的黑髮摻著灰白，束在腦後挽個髻，額頭、眼角、手背都有了皺紋，七分袖的素布旗袍有點寬鬆，外面罩了件手織的毛線背心。仔細看她的臉型五官，年輕時想必是個大美女。她的眼神溫和，眉毛清秀，聲音脆亮而和藹的操著我聽不懂的家鄉話，比手畫腳的給我們上了堂做糰丸的課。那過程和細節我早已記不清，不外乎兩種米加水磨成粉，變成一個鈴鐺狀，加入餡料去蒸。但是余伯母的樣子，一直深刻的留在我的腦海中。

後來我才知道，余伯母與余伯伯是指腹為婚，很早就嫁入余家；她確實比余伯伯大上很多歲。余伯伯的母親是個能幹的婆婆，父親沒有工作又愛嘮叨，初到台灣時還沒戒掉大菸，全家的生活倚靠余伯伯的阿姨；余伯母管她叫姨娘。據說姨娘有很多兒子，其中一個很得志，也特別孝順，對母親的話言聽計從。母親要他行方便幫姨父找個工作，他明知姨父眼高手低，見錢眼開，成不了事，也只得硬著頭皮去安排，後來徒增許多困擾。

余伯伯和他阿姨家的故事，在中國的舊社會並不陌生，很多小說都有這樣的背景和情節。三代同堂的家庭，戒不掉的大菸，孝子、敗家子，兄弟鬩牆，婆媳姑嫂，人多嘴雜，甚至是亂倫……，要做個有自我有自信的人，何其不易啊！

二十幾年後，我再次看到余伯母，她徹底換了個樣子。雖然仍挽著髮髻，卻染了黑色，穿了時興的套裝，顯得年輕很多。倒是余伯伯看起來老了，兩人搭配在一起，有了一種苦盡甘來的和諧。

余伯伯不像他爸爸那樣不長進，從一個小科長一步步升到了副總經理。余伯母受盡一切委屈，無怨無悔的照顧難伺候的公婆，拉拔孩子讀到高等學歷。她場面看過，懂得眉眼高低，燒得一桌外面吃不到的家常菜，直到公婆過世後，才開始跟余伯伯進進出出，有了自己的社交生活，眼神也比以前有自信的樣子。

記得二十多年後再見到她時，她對我說的第一句話還是我聽不太懂的鄉音，但我知道那話裡的意思是：「那糰子做得怎麼樣？現在市場買得到現成的水磨米粉啦，日子好過多啦！」是的，那年代的女人，認命就是美德，經過二十多年，日子確實一天比一天好過啦！

雞蛋雞蛋破雞蛋
看誰買到破雞蛋

我阿姨把蛋打開來，往蛋黃上面插了兩根牙籤，牙籤直挺挺的站立著，蛋白則有幾層厚度，她直誇，

這才是真正的好雞蛋。

雞蛋雞蛋破雞蛋，看誰買到破雞蛋

看一個民族的飲食文化，光看蛋的處理就知道他們的飲食藝術。中國人對於蛋的料理，除了最平常的煎蛋、炒蛋、烘蛋、蒸蛋，還有滷蛋、茶葉蛋、燻蛋、鐵蛋等等。甚至還懂得利用鴨蛋殼毛細孔粗、善吸收的原理，做出鹹蛋與皮蛋，進而發明了好吃又好看的冷盤菜「三色蛋」。這道菜的做法是把鹹蛋、皮蛋切成小塊，與雞蛋混合去蒸，待冷切片即成。方法其實很簡單，但第一個想到把三種顏色、質地都不一樣的蛋混在一起蒸的人，真是有創意呀！廣東料理中有一道金銀蛋莧菜，是以蒜頭、莧菜配上鹹蛋黃切丁、皮蛋切片，再混以雞蛋白勾芡，除了有不同的蛋，還有不同的形狀，真是了不起的構想！

還有一種溏心蛋也很特別，但做法比三色蛋麻煩。溏有三點水，意指它的特色是蛋黃非常水嫩。先把醬油、糖、五香粉、薑、蔥煮滾成滷汁，放置到涼透。室溫蛋輕敲一下，放入冷水中開火煮七八分鐘，加一點醋防止蛋殼破裂，並用手滾動蛋，求其蛋黃位置居中。關火燜兩分鐘後，把蛋放到水龍頭下沖冷，以利剝除蛋殼。然後將之浸入滷汁中，隔一天撈起，切半排列成盤，是一道理想的前菜。但切開時不能用刀，需用兩手抓一條線，從中間劃開，以免沾黏。

我還吃過很特別的沒有蛋黃的蛋呢。做法是把雞蛋敲個小洞，讓蛋汁流出，取其蛋白與雞滷汁混合，再灌回蛋裡蒸熟。熟後剝掉蛋殼，端上桌時好像一只外形完好的白煮蛋，但裡面沒有高膽固醇的蛋黃，而且洋溢著香濃的雞汁味。這道菜的名字為「混套」，這也是很富巧思的創意。

過年時吃的蛋餃，也是富於創意的發明。首先把蛋打勻煎成蛋皮，包上碎肉與大白菜、粉絲搭配的內餡，香味與口感絕佳。由於外形金黃色，媽媽說是金元寶。但因很費工，以前只有過年才吃得到這討吉利的金元寶。

小小的一顆蛋，在處理蛋的火候上，溫度的控制很重要：溫泉蛋七十度，滑蛋牛肉七十度，炒蛋七十五度，都採用中火而不是高溫。炒蛋與煎蛋都是先熱油，把蛋打入後立刻熄火，再看狀況調整火候。有些人為了增加味道，會在蛋汁中加入牛奶或高湯。荷包蛋的油溫可稍微熱一點，蛋一下去，待邊緣有一點焦脆，立刻熄火，把蛋放到盤中，再把鍋內的油淋上醬油起一陣煙，利用餘溫把蛋白再淋熟些。水波蛋必須水煮開了才打入蛋，剔透的白色外衣也可看得到嫩黃的蛋黃。我們家是用糖水煮，吃甜的，有時也加點酒釀。

至於蒸蛋的比例為一顆蛋配兩份水。因為蛋的大小不一，所以必須用雞蛋為容器，這會造就完美的比例。加上適度的鹽攪拌以後，要用濾網過濾，去除表面的泡沫，蒸出來才會平整。蒸的時候要準備一個有蓋子的鍋，加上大半鍋的水，墊個架子之類的，把蛋汁碗放到鍋內蒸。注意需要先在碗上加一個蓋子，但要留一道縫，這是因為不能讓鍋內對流的水跑進蛋汁裡。之後再蓋上鍋蓋，也是留一道縫。開大火，待水煮滾，可以轉成小火再煮。時間自行拿捏。碎肉蒸蛋是很多小孩子最喜歡的一道菜。

蛋殼本身就是一個完好的器皿，例如以美乃滋拌蛋白馬鈴薯胡蘿蔔沙拉灌回蛋殼，上面再撒點火腿末；也可以裝入比較稀有的海膽或魚子醬或松露片；也可以做雞蛋布丁的甜點。這都是精細而討巧的吃蛋藝術。

「雞蛋雞蛋破雞蛋，看誰買到破雞蛋」，這是我小時候在數數時會唸的一句話。隨著年齡增長，我在買雞蛋時還常常想到這句話，因為一不小心就會買到不好的雞蛋。最近兩年我自己養雞，為的就是想得到好雞蛋。

起先是賣給我電腦的洪先生，跟我說他父親在養雞，我問他能不能幫我買兩隻母雞？他來幫仁喜換電腦的時候，真的抱來了兩隻蛋雞、籠子、被子、燈與飼料。交代我天冷了要蓋被、開燈，每天固定時間餵食飼料，我照做，牠們倒也乖乖的每天準時四點下兩顆蛋。

後來我又去了宜蘭的不老部落，看到潘老闆滿山的雞，又聽了他們幾年前開始養雞的故事，也開口向他要了兩隻土雞。

潘老闆是台北人，從事景觀建築，娶了位泰雅族的公主，變成了未來的酋長，想把原住民自然生活的理念介紹給都市人，於是把自己的部落整理為一個五星級餐廳，連帶介紹自然體驗生活，開創了餐飲結合一日遊的新事業。去過的朋友一個傳一個，讓他的客人簡直應接不暇。泰雅族公主擅長烹飪，採用自己種的小米、蔬菜或野菜，搭配上山獵捕的野豬、小米釀的酒，用最簡單自然的料理方法，端出精緻的美食饗宴。但野豬不是每天獵得到，需要養些放山雞來搭配菜色，這個沒有養過雞的泰雅族家族，決定開始自己養雞。潘老闆去向朋友買了一群小雞，哪知道牠們長大生蛋後就瀟灑的走開，完全不知道孵蛋這件延續後代的大事。工業化的世代，大型蛋雞場的孵蛋是燈泡的責任，母雞可以瀟灑的四處串門子；可是部落並不是大型蛋雞場啊。潘先生後來帶著成打的小米酒去拜訪部落的長老，陪老人家喝了幾缸小米酒後，他們終於答應把兩隻會孵蛋的博士母雞借給他。

博士母雞到了不老部落，果然就往雞蛋上一坐，很盡責的開始孵蛋。那些下蛋的母雞們，竟然看不懂博士老師的肢體語言，還是輕鬆的逕自去遊山玩水。潘老闆於是圍了個學校，讓那些年輕的母雞們看看牠們的長輩如何傳家；最後乾脆用竹子編雞籠，把老師與學生關在一起，一對一的授課。我去參觀時，還真看到單一授課的籠子教室，博士雞認真的坐在蛋上，旁邊已有小雞圍繞，年輕的媽媽雞彷彿也很認真的在一旁做筆記呢！這個孵蛋補校的成功，終於讓潘老闆的養雞事業延續下來。

潘老闆送給我兩隻母雞，還配了隻雄赳赳氣昂昂的公雞。這下子，我們家真的成了「雞犬不寧」與「雞飛狗跳」的園地。我趕緊劃分區域，把洪先生送來的蛋雞放到二樓陽台外。洪先生再三交代，要保持溫度，不能太冷，不能太熱，因此也為牠們的籠子不時鋪上與卸下被子。潘老闆的土雞則放到一樓的走廊邊，有塊土坡隨牠們走動，我雖有做上護欄讓雞犬分離，但雞犬相互看不順眼，為此還很對不起的把雞翅膀的羽毛給剪了一些，因為怕雞跟狗吵架，可能氣得會飛走呢。

這時洪先生蛋雞的飼料吃完了，我得去買飼料餵蛋雞跟土雞，我去飼料店一看，那些現成的飼料都是合成的，有很多化學符號有的沒的非天然食材，於是我決定去買些自然的穀物、米糠等，配合我們的菜葉廚餘，混合成天然的飼料，做一下實驗，讓蛋雞與土雞都吃同樣的「姚家飼料」。

天氣好時，我會把蛋雞與土雞放到屋頂的菜園。但是蛋雞不太會走路，漂亮的紅色雞冠一下子倒到左眼睛，一下子倒到右眼睛，重心不太穩。大概因為這樣，牠們不喜歡走路，兩三步就要坐下來，好像牠們天生就該永遠蹲在籠子裡；尤其跟土雞放在一起，更是被嚇得直想躲起來。土雞的氣勢可就不同，興致高昂的走在我的酒箱菜園間，我希望牠們幫忙吃蟲，牠們卻搶著吃新鮮的菜，而且速度奇快。

土雞開心吃著「姚家飼料」，我一周在土坡上翻找，大約找到約五、六顆蛋。

蛋雞漸漸的不願吃我們的天然飼料，我把現成飼料比喻成肯德基炸雞，牠們吃慣了炸雞，哪肯吃這天然的清淡食物呢？漸漸的牠們下蛋的時間不準時了，且下的蛋一落地就破掉。小元建議說，如果給牠們喝氣泡水，也許可以增加蛋殼的硬度，為了實驗，我真的去買了一瓶二十八元的沛綠雅氣泡水，無奈牠們喝了照樣生下破蛋。我跑去養雞協會詢問蛋雞的破蛋困擾，沒有人可以回答我這種實驗性質的家庭主婦問題。一些文獻資料也都是告知要注意溫度、飼料與環境設施等。看來沒有人把蛋雞當土雞養。更沒有人傻到像我一樣做實驗。

我仔細看我餵食的內容，都是傳統的食物呀，早年的雞可沒有什麼飼料呀！回頭看看土雞，牠們倒是怡然自得，下蛋情況很穩定。我把土雞蛋送給母親，她吃了直說好久沒吃到有蛋味的雞蛋了！我阿姨把蛋打開來，往蛋黃上面插了兩根牙籤，牙籤直挺挺站立著，蛋白則有幾層厚度，她直誇，這才是真正的好雞蛋。

我想，一般市面上賣的雞蛋，都是蛋雞廠量產，二十四小時開著燈，蛋雞不眠不休，有時還一天生兩個，累壞了身體，蛋的品質當然也打折扣了！

眼見這蛋雞在我家生活得不愉快，我就把牠們送給附近的鄰居，他們歡喜的用現成的合成飼料，把牠們當機器一樣養。回頭說土雞，牠們不需要搭房子，也不用溫度控制，每天走來走去，生龍活虎，跟狗群隔欄對望，腎上腺素高昂，隨時擺出要交戰的姿態。

唯一的問題是公雞每天凌晨四點半啼叫，讓仁喜聞雞起舞，只好起來打坐。隔壁鄰居有對八十幾歲的老夫婦，有天遇到我，很客氣的說：「我們好久沒聽過雞叫了呀！」我連聲道歉，不好意思打擾別人，只好把公雞送還給潘老闆。

幫我忙的阿玲捨不得公雞，跟我打賭說，沒有了公雞，母雞就不會下蛋了。我說：「那兩隻蛋雞不是也沒有公雞陪嗎？」她說那是因為品種不同。我說母雞就是母雞，不分品種都會下蛋的，她則堅持土雞沒有公雞是不會生蛋的。結果公雞送走後母雞照樣下蛋，阿玲輸了就改口說，沒有公雞，母雞的心情一定不好，產量會減少。我問她：「妳心情不好就不會排卵嗎？」眼見母雞下蛋的量也沒減少，她才心服口服，不再叨唸那隻送走的公雞。我也因而知道，可能很多人都以為母雞下蛋一定要有公雞作伴，事實上這完全是一種誤解。還有人打蛋時看到紅色的血絲，以為是受精卵，這也是誤解。受精過的蛋，會在蛋黃中心看到網狀的結構，有血絲的蛋與是否受精完全無關。

有了自己養雞與收成的心得後，我都勸朋友不要再買破雞蛋。最好買黃色殼的土雞蛋，因為土雞吃的食物比較自然，也具有較強勁的生命力，生出來的蛋一定比溫控食控的蛋雞的蛋更富於生命能量。

9/2/97
MARSEILLE, LES GODDES

憶

茶與壺的記憶

有人形容日本的茶道是「和敬清寂」，

而我們的茶道則是「人情義理」，這樣的形容是很貼切的。

比起現在講究茶道的朋友們，我父母那一代喝茶可真簡單多了。他們使用的茶具就只有一個厚厚的玻璃杯，杯上繪著傳統的梅蘭竹菊圖案，加上半透明的塑膠蓋，蓋子正中央還鼓起一個圓凸點，方便用手掀開它。那個年代的幫傭，一早起來先燒一壺水，水開了讓它在爐子上多滾幾分鐘，再抓一小撮茶葉放入玻璃杯，提起滾燙的開水沖下去，沖到杯底約五分之一就蓋上，這是沖茶。

然後等呀等，等到主人醒來，咳嗽兩聲，傭人知道該泡茶了，於是開水再滾一下，把沖好的茶水加到八分滿，過一下，再端去給主人。主人的習慣是端起杯子吹個三四下，然後緩緩的喝下一口，滿足的吐口氣，似乎表示這又是美好一日的開始。

那杯茶，就跟著主人一整天，一次次加水，從濃喝到淡。他們那一代，大多這樣喝茶，濃茶喝得出恬淡的滋味，淡到快沒味了還能用滾燙的水享受它的溫度。那是一種儉樸自在、愛物惜物的生活態度。——這是我對茶的第一個記憶。

我對茶的第二個記憶，場景從家庭轉到企業，見證了人與杯子之間的情誼。那次是去幫一位企業家第二代裝修公司的新辦公室。他曾經遠赴國外留學，帶回一套嶄新的企管觀念，希望讓企業年輕三十歲，要我們把新辦公室設計得很現代。完工搬遷那天，我們一起欣賞那嶄新的氣象，卻見員工一個個拿著繪了梅蘭竹菊的玻璃杯進來，杯上是透明的塑膠蓋，杯裡是暈黃色的茶水與大概也是要泡一整天的茶葉。企業家第二代搖搖頭，嘆口氣，大概覺得很殺風景。當時我就想，他對梅蘭竹菊的印象顯然和我有一大段距離。

他並不死心。為了讓茶杯也符合新辦公室的現代風格，他幫員工挑選了剛上市的不鏽鋼杯，線條極簡新穎，價錢也頗不便宜。如此費心又費錢，是希望跟員工在一個新氣象的氛圍裡繼續打拚事業。哪知老員工並不領情——因為用不慣那新款的茶杯，竟一狀告到他老爸那兒去！一手帶大企業的老爸，當然也很珍惜這些從年輕時就跟著他打天下的老員工，於是從善如流，下令回收所有的不鏽鋼杯。於是老員工又快樂的拿著梅蘭竹菊的玻璃杯，泡著一天一杯的茶。

不久之後，我到年輕企業家的家中作客，發現他書桌上整齊堆置著那些線條極簡的不鏽鋼杯，活像一組近年流行的「裝置藝術」。那批杯子，如今都成了經典，雖然改變了功能，那前後的過程卻留給我深刻的記憶。

我對茶的第三個印象，是在以木雕聞名的三義喝「老人茶」。那些人家有各種泡茶的用具與大大小小的壺和杯，很像老人在玩「家家酒」。那時是台灣經濟起飛的年代，許多人為了工作常常忙得連睡覺的時間也沒有。「老人茶」的由來，大概是只有老人才有閒工夫慢慢品嘗吧！但喝「老人茶」的不一定是老人，周遭的環境也無法讓人感受靜心品嘗的樂趣。

我在三義看到的「老人茶」，都有一張樹頭雕刻的大桌子，是三義木雕的衍生產品。那些年歲古老的樹頭，不但奇形怪狀，而且都有獨特的年輪，可惜美麗的造型和紋路都被亮光漆密密覆蓋著，聞不到一絲絲古木的芬芳氣息。

木桌的旁邊，立著燒開水的鐵架子，底下是瓦斯爐或酒精燈，上面放著好大的鋁壺；還有一個好小好小的紫砂壺，以及各種挖掏茶葉的道具——最粗糙的金屬大壺，配以最名貴的宜興小壺，不成比例，看起來很不協調。

他們泡茶時，小壺內塞滿茶葉，注入熱開水後還要提起大鋁壺將小壺淋上幾遍，因此木桌中間還挖了一個洞，鋪上沉亮的不鏽鋼板，底下接一條塑膠管，好把淋下來的水接到水桶裡，讓我不禁把它與病人住院時的導尿管聯想在一起。

小壺的茶泡好後，先倒入一個有嘴的陶杯，再由主人一一傾入客人的小杯。喝了幾回以後，主人就用一個挖具把擁擠的茶葉自小壺裡挖出來，再塞滿新的茶葉，重新注入水……如此幾遍，周而復始。我想，那些挖出來的茶葉應該還有味道的，卻那樣沒有尊嚴的被攤在一旁，讓我覺得好疼惜。

那木頭雕的大桌上，還放著大小不等、花色凌亂的各式茶葉罐，一碟碟放在塑膠盤內的瓜子、花生、小點心，以及剝下來的碎殼和糖紙。桌子的正前方，則是一排電視櫃，除了電視，還有各種紀念牌、花器、紀念照、書報雜誌。電視機正開著；形形色色的人物和景物，哇啦哇啦的各種聲音，在我眼前不斷變換……坐在那裡時，視覺聽覺味覺都有點錯亂，我不禁懷念起繪著梅蘭竹菊的玻璃茶杯，多麼單純的一天一杯茶！

「老人茶」的風潮，後來漸漸沒落了。近幾年來，台灣的生活文化越來越講求品味，茶道的風氣趨向安靜自在，泡出好茶的高手也越來越多。他們用心的推廣茶道藝術，與茶相關的活動、以茶會友的茶會也很蓬勃，而且茶會上的一切，都看得出細緻的美學層次。例如花藝的構圖、布料竹類的裝飾、研發的茶點心，都精緻而有創意，更能烘托會場的氣氛。

這種茶會，不像日本茶道那麼講究拘謹的禮數。有人形容日本的茶道是「和敬清寂」，而我們的茶道則是「人情義理」，這樣的形容是很貼切的。當我們靜心品茶時，彷彿是禪坐，最適合現代人忙裡偷閒，陶冶性情，享受俗慮一清、自由自在的喜悅。

我有多位熱心茶道的朋友，常有機會跟著他們參觀和學習。記憶最深也最有意義的一次，是浩浩蕩蕩三百多人一起上阿里山，到種茶的農民家舉行茶會。那次茶會的目的，是要謝謝茶農們做出世界一流的茶，也讓他們知道：我們如何品嘗你們種出來的好茶。那次活動也結合了藝術家事先進駐，將當地的資源做成藝術品；美食家也事先進駐，跟當地的家庭一起以在地的食材做出具有地方特色的食物。

幾個山區不同村落的人，加上平地來的，約有四百五十人，分散住在茶農家裡。主辦人事先到各家幫忙打理，理出一個茶會所需的環境氛圍，然後大家就分別到每一户輪流品茶。樸實的茶農看著遠來的訪客如此安靜的聽他如何種茶，聞他的茶，品他的茶，論他的茶……他們領會到都市人對於氛圍追求的用心，也終於知道，辛苦的種植和製作，換來愛茶者的疼惜與尊敬，大家都交流得好開心。

當天晚上，在瑞里山區的源興宮前，他們還舉行了舞龍舞獅的謝神典禮，山上的孩子們排練了很久的表演節目，更把整個活動帶向高潮。

第二天早上，都市人醒來時，農家已空無一人，各自下茶園工作去了。充分掌握清晨的露水與陽光，對做茶的人而言，就是他們的致勝之道。我走到屋外，只見霧氣繞著山間，好像神仙就要從那裡走出來。神仙住的地方靈氣逼人，這群有福氣有靈氣的農人，做出來的茶當然是一等的好茶！

雖然有機會參加茶會的活動，我對茶葉還是很外行。因為從事設計工作，比較感興趣的其實是茶具的線條。尤其鍾愛最古老的白瓷蓋碗：它的比例玲瓏有致，彎曲的弧度和口唇接觸的位置也都合適完美，是我心目中最傳統也最美的茶杯線條。

我喜歡蒐集茶具，每組壺與杯的材質都不同：銅，竹，陶，瓷都有。每一個銅壺，都是年代久遠的古董，顯示了先民的美學造詣和高超的金屬工藝。竹子有著樸素的意境，瓷器比較細緻秀氣，陶壺則有粗獷原始的氣度。其中一組用漂流木做柄的陶壺，則是我與陶藝家朋友蕭立應一起創作的作品；它的背後有著我與哥哥的對話，以及與天地萬物感悟的故事。

兩年前的夏天，颱風剛過，我去海邊拍照，發現海面上漂浮著大大小小的漂流木，一時眼睛被吸住了，定定的看了很久。它們被海水沖過來、刷過去，載浮載沉，沒有歸屬，也無法做自己的主人，看起來多麼悲苦！我不禁想起過世不久的長兄，生前也度過一段悲苦的歲月，一種慈悲和憐憫的情懷在我心裡浮升上來，當下決定要用漂流木設計一個可以紀念哥哥的東西。

這一念之願，促使我花了幾個月的時間思索，終於成就了這組漂流木把與陶壺相依的茶壺。那段思索的期間，回想著河裡載浮載沉的漂流木，想到它的前身原都是叢林裡的密實木料，就如我哥哥也曾經是健壯志昂的青年，最後卻抵不住業力的焚風，在紅塵裡被沖得折斷了筋骨，刷空了意志。

後來我終於有機緣撫摸已經離水許久的漂流木，感覺它的身體是那樣的輕，身上的裂紋又那樣的深，彷彿哥哥在對我述說著受傷的往事和心底的不平！

於是，我為這受傷的身軀搭配了一個圓潤的陶壺，陪伴它，撫慰它。這陶壺不像瓷器那般名門閨秀，也不似竹器那般小家碧玉，更不像銅器那款大鳴大放；她就是實實在在，懂事體貼的陶姑娘；你怎麼教她，她就怎麼跟你。現在，當我握著這輕盈的漂流木柄時，總想把手掌中全部的溫暖送給哥哥，希望他在天上，能夠感受得到。我寫了一首悼念他的詩：

〈菩薩接走的孩子——敬悼我的大哥　任和鈞〉

哥哥的一生
像河流裡的漂流木
紅塵沖刷了他的壯志
病魔折損了他的筋骨

漂流木的前身曾經那樣的厚實
如今的身軀卻是這樣的輕盈
流水鑿刻的紋路纍纍展延
彷彿述說著哥哥種種的不平

哥哥近年潛心學佛
最後話語「菩薩來接我了！」
因果如此樸實圓滿
有如這伴著漂流木把的陶壺

地藏經云：
過是報後，當生無憂國土，壽命不可計劫。
後成佛果，廣度人天，數如恆河沙。

謹此敬悼親愛的大哥安息

吃老虎的人

他在廚房說著那些麵食做法和舊日風光時，臉上有一種很特殊的神情，我長大後才了解，那是一種對家鄉的懷念之情。

在我的心目中，所有走過那段艱辛歲月的長者，都像吃過了老虎的老張，越挫越勇，是偉大的臨時演員。

吃老虎的人

我父母親都是南方人，一向習慣吃米飯，來到台灣後才有機會在朋友家吃到北方麵食，因為一九四九年前後有許多北方人也遷居來台，帶來各自的家鄉料理。我幼小時候，父母偶爾說起哪個朋友娶了個北方太太，餐桌上常端出各式各樣的麵點，我聽了覺得好浪漫，彷彿那餐桌充滿了異國情調。那時父母去朋友家吃飯也常帶我同行，十歲那年第一次跟著去吳伯伯家後就最喜歡去他家，因為他家有個很會做麵食又很會說故事的廚子老張。

我對麵食，以及對那一代人境遇落差的認識，都是從老張開始的。

吳伯伯家在杭州南路的巷弄裡，大門進去是個小花園，高大的麵包樹長著寬闊茂密的羽狀葉。每次傍晚到他家作客，門口的燈光照著樹上墨綠色的葉子，還沒進到屋裡就先感受到一種異國情調。

吳伯母長得很貴氣，臉上永遠堆滿笑容，在門口迎接我們的第一句話總是對我母親說：「小秋，老張忙了一天，好高興要燒菜給妳吃呀！」說完拉開綠色的紗門往裡面喊：「老張，顧小姐來啦！」

我母親一九四七年秋末從上海帶顧劇團來台北演出，因為賣座好，約期一延再延，竟至一九四九年五月二十七日上海淪陷回不了家，婚前在永樂戲院唱了五年，戲迷眾多，老張也是其中之一，對我母親的到訪總是興奮期待的。每次我們到吳府作客，他不但做了各種好吃的北方菜和麵食，還特別多做了葷素包子各一大包讓我們帶回家。

老張是山東人，身材不高，一頭濃密的黑髮配著兩道同樣濃密的黑眉毛，但是神情很慈祥。他說話帶有家鄉腔，要很專心聽才能聽清楚。每次我父母親誇他做的餅好吃，他總是搖著頭說：「在我們北方，可不是這樣馬虎的，這兒的麵粉不對！我老家的麵在地底下久，有勁道，這兒的勁道不對，顏色也不對！」——那「搖頭」與「不對」，留給我深刻的印象，也是我幼時在父母的朋友臉上常看到的表情。

老張最吸引我的，是他的廚房。每次飯後大人在吳府客廳聊天，我就溜進廚房找老張，於是認識了發麵的盆子、神奇的擀麵棍、老麵團、煎餅的鍋子、蒸包子的大竹籠……都是在我家看不到的寶貝！

「這是做什麼用的啊？」我一邊摸著那些器具一邊好奇的問著，老張也總是仔細的解說。我才知道原本膨鬆的麵粉，經過「發」的過程，一個小麵團會脹到兩三倍大，而一根短短的擀麵棍，可以擀出那麼多不一樣的包子皮、餃子皮……簡直像在變魔術，讓我的小心靈充滿崇拜之情。

除了那些擀麵棍、蒸籠、煎鍋，老張的故事也讓我終身難忘。老張說，他們張家是大家族，有好多地，他又是長孫，從小過著富裕無憂的生活，出生時為了選誰當他的奶媽，全村的人還討論了一番呢。尤其讓我驚訝的是，他說小時候體弱多病，家人為了強壯他的身體，買了一隻老虎殺了醃起來，每天切一小塊燉給他吃；「整整吃了一年哩！」哇，我睜大了眼睛！以前只聽說過老虎吃人，沒想到眼前這個很會做麵食的廚子，竟是個吃過老虎的人！

兇猛的老虎也許真的很補吧，老張說他吃了一整隻老虎後，身體真的變好了。難怪他不但有濃黑的頭髮和眉毛，眼睛還發出一種比一般人有神的光芒。

老張從小就會騎馬，家裡的馬車是四隻馬拉的，說起自己那隻馬，眼睛就更亮了。「我那隻馬兒特別好！」老張邊說邊比畫，作勢騎在他的好馬上，右手拿著一杯水向前走，越走越快，表示馬兒跑得很快，但是杯裡的水一滴都沒濺出來！「妳看那馬跑得多穩！」老張說，「當年我可真神氣呀！」——他的語氣，就像現代的有錢少爺在炫耀他的 MASERATI 敞篷跑車！

大概也因家境富裕，家裡沒讓老張出外學習謀生技能，逢到戰亂，家人把金子縫在棉襖衣服裡，而偌大的家族，就只有他一人逃出來，一路上吃盡了苦頭，卻什麼都沒有了！在那個逃難的年代，富家公子最後到了台灣，舉目無親，沒有一技之長，什麼也不會。幸而老張從小在家吃過好東西，至少知道怎樣做麵食，才能在吳府謀個安身之處。他在廚房說著那些麵食做法和舊日風光時，臉上有一種很特殊的神情，我長大後才了解，那是一種對家鄉的懷念之情。

我十六歲那年父親去世，之後不常去吳府作客，但是在那廚房與老張共處的畫面一直留在腦袋的某個抽屜裡，不時拉出拉進緬懷舊情。二〇〇九年去看賴聲川導演、王偉忠編劇的舞台劇《寶島一村》，看到戲裡的老奶奶教台灣媳婦做天津包子，說內餡的菜與肉比例，冬天要肉六菜四，夏天要肉四菜六，我的眼淚就不自禁的流個不停，因為深藏在腦袋裡的老張又在眼前浮現了！我想起老張做包子時，一小個麵團在他手上擀成八九公分直徑，然後一雙手不停的翻摺，有十幾個褶子的是肉餡，柳葉形狀的則是菜餡。他的肉餡很講究，用上等的牛肉醬了幾個小時，香得不得了。菜餡的主料是韭菜，他滴上香油告訴我，那樣能防止韭菜出水，然後配上炒過的蝦皮紅蘿蔔香菇提鮮。吳府那時已用桶裝瓦斯了，老張把做好的包子放入蒸籠，在火上蒸幾分鐘就熄火，燜十幾分鐘又開火，再蒸幾分鐘才算大功告成。他說那樣做是為了讓麵「發」起來，而且離火後不會變形。老張也做過豬肉餡包子，底幫厚薄相同，咬起來油水直流卻不覺肥膩。那包子雪白皮薄有勁道，我想他的「和麵」一定有獨到比例，後來再也沒吃過那樣有勁道但也鬆軟的包子。

《寶島一村》演了三個多小時，結束之後每個觀眾還收到一個天津包子。拿到那個包子，回想劇情的演變和包子的變遷，我的感觸更為深刻了。

其實北方各省的人大多會做包子，天津包子特別有名，大概因為天津是個河海交會的大港，水陸碼頭每日有眾多民工忙於搬運貨物，當地人就慢慢研發了各種方便的速食供應他們。包子的餡料有鹹有甜，變化多端，成了最受歡迎的快餐；那大概是中國最早的快餐食品吧？天津的包子以「狗不理」最負盛名，據說清朝年間當地有個孩子叫高貴友，其父因為四十才得子，希望這孩子好養，給他取乳名「狗子」。狗子後來學會做包子的絕活，每天客人盈門，他忙得連跟客人回話的時間都沒有，「狗不理包子」就那樣傳開了。

我幼時還不知道那些歷史，經過仁愛路看到一面醒目招牌寫著「天津狗不理包子」，還以為是包子太燙，狗都不敢碰呢。以前的人沒有專利觀念，仁愛路那家和正統的天津「狗不理」是否有關不得而知，唯一可以肯定的是，那家包子店的老闆，也是一九四九年後來台灣的。有一次我們買了那家的包子回家，我母親說，包子固然要趁熱吃，但也要小心吃喲，否則會燙到背呢。我聽了滿頭霧水，我母親解釋說，有個伯伯吃蓮蓉包子，一口咬下去，湯汁順著手掌流到手肘，他捨不得那鮮甜的湯汁，舉高手用舌頭去舔，手掌上那已經咬開的包子被舉到與頭一樣高，湯汁和內餡瞬間掉落到背上，後背就給燙傷了。這故事雖然有點誇張，卻也生動的形容了包子好吃的程度。

現在台北街頭已有各種招牌的包子店，忙碌的上班族常常買兩個包子就解決了一餐，可見包子也已成為現代生活中很普遍的快餐了。

從老張的包子到《寶島一村》裡的天津包子，五十年過去了！吳伯伯吳伯母、老張、我的父母親，也和劇中的眷村伯伯奶奶一樣，分別來自東南西北各省，後來都在台灣落了地生了根。「一九四九」那一代人，在時代動亂中離開家鄉，可說是隨著上天安排的劇本，演出一個個悲喜交雜的流離故事；淚流完了也會笑，笑過了又會哭，是一段多麼艱辛而複雜的歷史啊！

謹以此文獻給那個時代、老張、《寶島一村》裡的爺爺奶奶，以及隨著「一九四九」的歷史洪流而不斷臨時更換劇本的長者。俗話說，吃苦像吃補，在我的心目中，所有走過那段艱辛歲月的長者，都像吃過了老虎的老張，越挫越勇，是偉大的臨時演員。

深諳生命哲學的大將軍

郝伯伯半生戎馬，經歷過無數槍林彈雨，必須穿越多少生命交鋒的關頭，才練就了無懼無畏的鎮定性格，有勇有謀的寬闊胸懷。

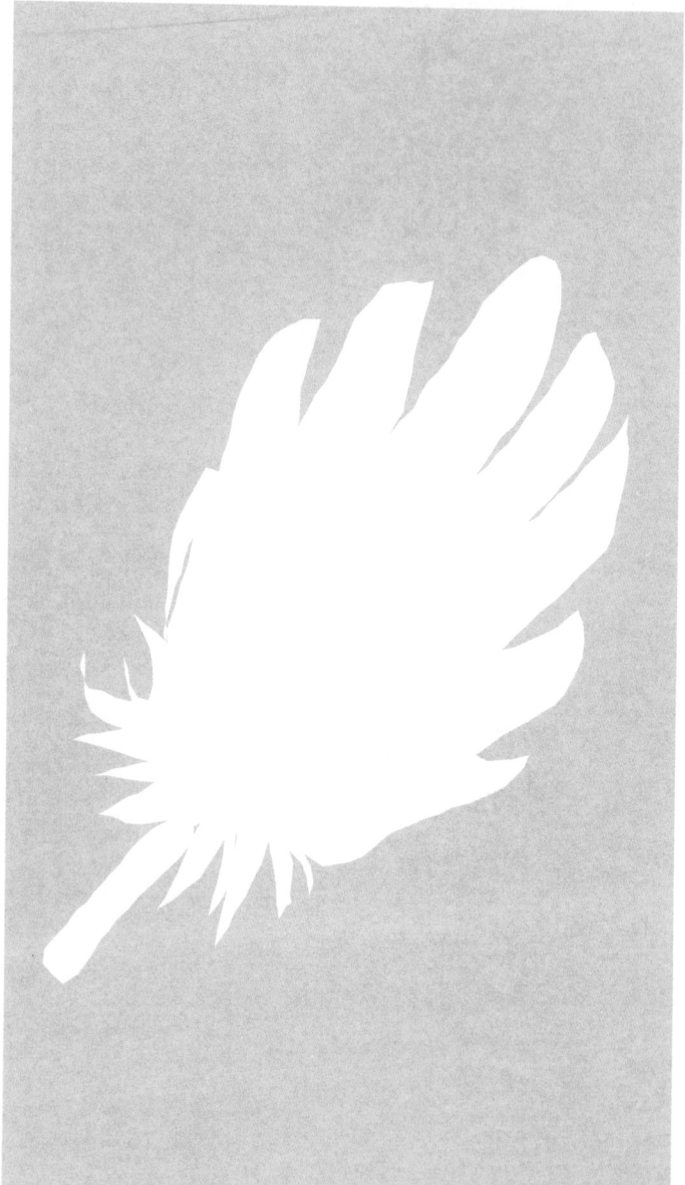

深諳生命哲學的大將軍

我和仁喜得以認識郝伯伯，是從我母親顧正秋開始的。一九八八年，郝伯伯擔任參謀總長時，為了保留精緻的京劇藝術，弘揚忠孝節義的倫理，促進社教功能，因此建議華視錄製我母親的戲曲加以保存。

華視很重視這件事，特別請我擔任製作人。之後的每一次錄影，就是一場正式演出，郝伯伯、郝伯母及許多京劇同好，幾乎每場必到。在華視演出錄影時，郝伯伯每次見到我都重複說這句話：「我是在徐州就認識妳媽媽的，但她不認識我！那時候大家都叫她『顧老闆』！一個二十歲的小女孩，帶個上百人的團，多麼不簡單呀！在舞台上，妳媽媽有的是上將的威儀！」

我母親一九四五年秋天從上海戲劇學校畢業後即自組「顧劇團」，第一檔演出是一九四六年春天到故鄉南京，第二檔蚌埠，第三檔就是郝伯伯所說的徐州。

當時郝伯伯在徐州擔任陸軍總司令顧祝同上將的隨從參謀；也曾隨顧將軍去看「顧劇團」演出。

一九四八年，「顧劇團」到了台灣，除了在「永樂戲院」定點演出之外，還定期義演勞軍戲。一九五〇年左右，有一次「顧劇團」去金門及小金門勞軍演出十七天，郝伯伯也在場。他跟母親聊起徐州往事，幽默的說，他起先以為「顧老闆」這個小女孩是顧祝同將軍的親戚，才能帶著團到徐州演出；後來他問過顧祝同將軍，才知道自己的猜想是個誤會。母親也答覆說，她到徐州演出，是當地的「中山堂」老闆特別先去南京看過「顧劇團」演出，滿意了才邀請她帶團到徐州公演；那時她還不認識顧祝同將軍呢。在金門前線遙望海峽對岸，聊起這段故土往事，兩人哈哈大笑之餘也免不了幾許感傷。

母親常說，她的人生是一連串的「因戲結緣」；後來她跟郝伯伯、郝伯母及顧祝同將軍，也都成了好朋友。

二〇一七年，我請郝伯伯替《顧正秋回憶錄——戲傳》寫序，他讚美媽媽反串武將的氣勢：「萬人列隊，我一出場，一聲立正，鴉雀無聲……我們沒有聽到立正的口令，全場肅靜，就連衣針掉到地上都聽得見。」

看到這些形容，不禁讓我想起一九九一年在小金門看到的郝伯伯，當時雖然已卸戎裝，神采仍然威風凜然。

郝伯伯任行政院長時，常到各地走動，視察民情。有一次要去小金門，特別邀請媽媽舊地重遊；我與仁喜有幸隨行，得以領受郝伯伯一級上將的威儀，也看到他所說的「目中無人」、鎮定自若的氣勢。

郝伯伯戍守小金門是一九五八年，升任第九師少將師長兼戰地指揮官，在八二三炮戰時屢建奇功，很受當地官兵敬重。我們隨他去小金門時，我在一面牆上看到一幅壁畫，啊，那在坦克車上的統帥不就是郝伯伯嗎？我跟郝伯伯指著說：「郝伯伯，這畫得好像呀！」郝伯伯說：「在哪裡？」我指給他看，他大笑說：「這壁畫在這裡這麼久，我怎麼都不知道自己在畫裡？」我問旁邊的侍衛：「你們為什麼不跟郝伯伯說呢？」他畏畏縮縮的回答：「我們不敢說！」

那也是我生平第一次看到兩棲蛙人部隊，他們有著強健的體格，黝黑發亮的古銅色肌膚，一字排開的向郝伯伯立正行禮；也讓我感受到他們在威武的神態裡，流露了對郝院長的敬畏氣氛。

郝伯伯生命裡的大事之一是一九九三年一月三十日，在國民大會高呼「中華民國萬歲……，」後宣布辭去行政院長職務。那天，我的駕駛載我返家途中，出乎我意外的說：「我讚嘆郝柏村高呼『中華民國萬歲』的作為！妳看他那堅定的神情，不羈的肢體動作，做一位軍人，一位院長，堅守他的原則，這才是政治家，偉大的領袖！我看啊，我們很難再找到擁有這種氣魄的領袖了！」

這位駕駛，政治偏綠，對世事常流露諷刺與埋怨的口吻，我平時不太願意跟他談論政壇之事，因為經常一談他就說：「你們這些外省人……」，讓我很難心平氣和。但是，我永遠不會忘記，在那個特別的日子，他對郝伯伯這個「外省人」所表露的讚佩之情。

郝伯伯是時代的大人物，辭退公職後，才有閒暇跟我們多些聚會。但是，他很少談政壇往事。那些過去的事，如過水無痕般的不存在，郝伯伯依然在濃黑的雙眉之間展現氣勢過人的胸襟與謙謙君子的名士風度。

我記得在一個聚會中，郝伯伯遲了幾分鐘，他說是去體檢，發現頭殼裡有片金屬。郝伯伯解釋說，他回想大概是一九三八年在廣州抗戰時，他的炮兵車隊遭到日軍戰機的掃射；身旁的駕駛當場身亡，他也頭破血流……。他那時年輕氣壯，頭皮傷口痊癒之後生活照常；一直到那天健康檢查，才知道自己頭殼內有子彈碎片……。

大家聽了郝伯伯的故事都驚訝不已，說他「命大」；郝伯伯笑了一下，再說了個「命大」的故事：八二三炮戰時，一百五十平方公里的金門島，受到四十七萬發炮彈轟擊，有一次他剛離開辦公桌，一聲巨響，回頭一看，辦公桌已被炸得粉碎。我當時邊聽邊想：郝伯伯半生戎馬，經歷過無數槍林彈雨，必須穿越多少生命交鋒的關頭，才練就了無懼無畏的鎮定性格，有勇有謀的寬闊胸懷。

郝伯伯退休後，也自稱「以二等兵的身分加入」，跟辜振甫先生等名票一起學習清唱，從不缺席。二〇〇一年五月二十九日，還正式在「新舞台」演出《空城計》，飾演足智多謀的孔明。在舞台上，他台風穩健的輕彈古琴，悠悠唱著：「我本是臥龍崗散淡的人，憑陰陽如反掌保定乾坤……。」

其他票友對於登台演出都會緊張害怕，郝伯伯笑說，只要用「目中無人」的哲學，就能勇敢的走上舞台。但他見到我母親，每次都很謙虛的說：「妳是舞台上的一級上將，我是二等兵。」郝伯伯除了唱戲練身，也打牌練腦。他打牌有「三不哲學」：「不跟家人打、不跟部下打、不跟有錢人打」。仁喜受惠於這「三不」，也曾有幸做郝伯伯的牌搭子。郝伯伯來我們家打牌，總會帶來難得的金門黑金龍，以及有名的「郝家米花獅子頭」，讓我們大飽口福。

回想起來，我們何其有幸，能跟著母親認識郝伯伯、郝媽媽，並有幸跟他老人家過上幾日悠閒快樂的歲月，體會到他是個大將軍、大宰相，也是深諳生命哲學的藝術家。

如今，郝伯伯在郝伯母與我母親之後，也以百歲高齡辭別塵世。我與仁喜，在不捨與感傷裡，不時想起他在《空城計》裡的唱詞：「我本是臥龍崗散淡的人，憑陰陽如反掌保定乾坤……」。諸葛孔明的才德、智慧、風骨、修養、情操，都在郝伯伯的生命裡體現。

郝伯伯的靈堂簡約樸致，莊嚴的氣氛中，粉紅粉白翠綠嫩黃的花朵盛開，高矮大小的玻璃花器透著光影。仁喜與我，在郝伯伯大殮之日向他老人家上香。郝伯伯蒙福洗禮，倚靠神的慈愛，走完人生，也在我們心中留下永遠慈祥的威儀。

竹與中國人

一兩三枝竹竿，四五六片竹葉，
自然淡淡疏疏，何必重重疊疊。

葉公超的書法一派書卷氣質，
渾厚且含蓄，剛柔並濟。

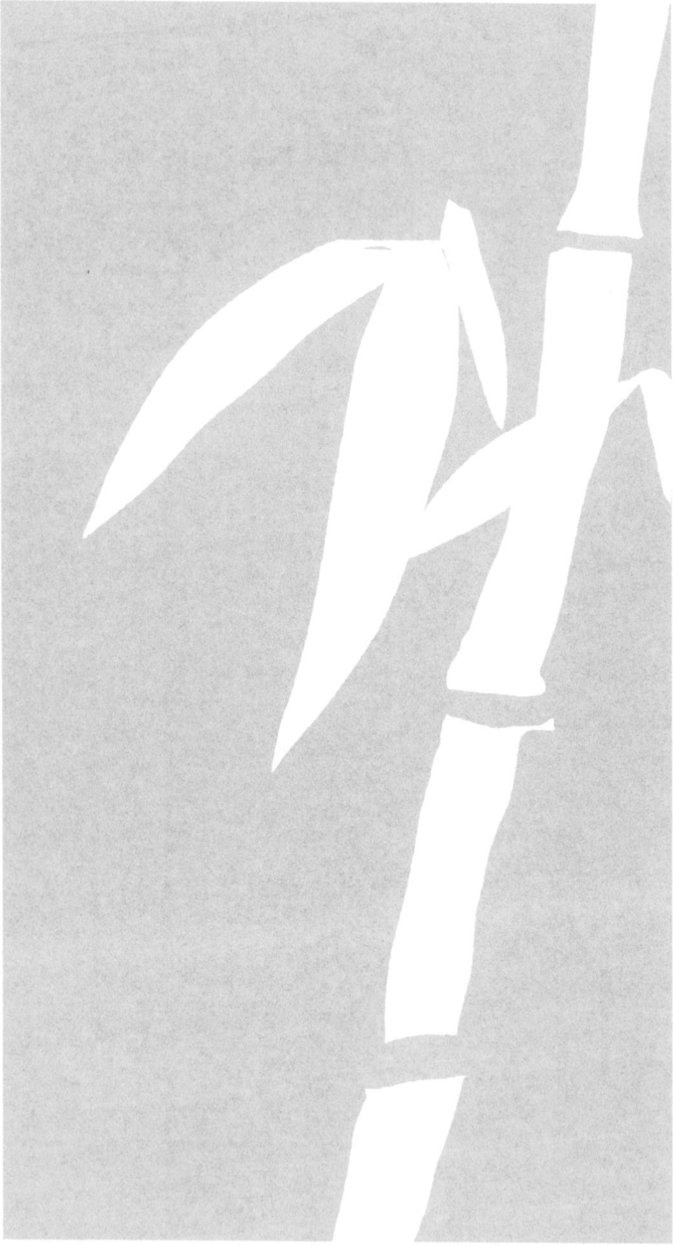

我讀小學的時候，家中一樓上二樓的轉角牆上掛著一幅墨色淋漓的竹子，落款人是「葉公超」。我每天上樓下樓都朝那幅畫看兩眼，印象好深刻。在外面看到竹子或讀到「竹」這個字，總會自然的想到「葉公超」。後來我們搬了幾次家，那幅畫一直懸掛在明顯的位置。

在日常生活中看到竹子，總是枝幹修長而直挺，經歷寒冬依然翠色盈盈，自成一片清幽美景。上了中學後，讀到「歲寒三友」是松、竹、梅；「花中四君子」是梅、蘭、竹、菊，又聽母親說起葉公超的事蹟，我對竹就更為尊敬了。

葉公超畢業於英國劍橋大學文學系，抗戰時曾任西南聯大外文系主任，國府遷台後曾任外交部長，一九五八年出任駐美大使，深受西方領袖肯定。他的博學，詼諧與才氣，贏得許多尊敬、愛慕與友誼，個人魅力十足，因此有「文學的天才，外交的奇才」之美譽。一九六一年因外交理念與當局見解不一，奉召返台述職，突然被迫離開好不容易打拚下來的外交舞台。七〇年代著名的專欄作家楊子，對他有這樣的評價：「既有器識過人、恃才傲物的名士風度，又是一個才華橫溢而終為俗吏所讒的悲劇英雄。」

在中國歷史上，許多朝代都有類似的懷才不遇或生不逢時的悲劇故事。葉公超英文造詣深厚，駐美期間以其「王者英語」的風範與各國政要杯觥交錯，意氣風發，屢有建樹。然而書生風骨不敵政客野心，黯然退離官場後，全心寄情於詩詞與書畫藝術，二十年間優游自在，瀟灑而終。

他說凡是受外人壓迫而個人心情不願服從壓迫者，就特別喜畫竹，所以竹子可以說是反抗壓迫的象徵。中國文人自古以來常以詩詞繪畫表達心中的意境，其中又以繪畫最為直接而含蓄。宋元以後，文人更常藉畫竹抒發心中的靈氣。葉公超從小就學書畫，尤以蘭、竹見長。我們家那幅墨竹，真有「清氣迫人眉宇，挺秀出塵，飄然灑落」的意境。

葉公超的書法一派書卷氣質，渾厚且含蓄，剛柔並濟。親近他的朋友說，在他的心中，政要王侯與百姓寒士無分軒輊，因此其詩詞畫作經常流露平等自由的人格尊嚴，題在畫作上的詩也別具一格，如「未出土時先有節，到凌雲處總無心」；「無限清懷紙上生，竹竿抱節石藏貞，故家喬木今何在，夢裡縱橫見落英」；「枝枝葉葉見幽情，辜負春光碧玉生，捲起湘簾吹夢境，夜來風雨變秋聲」；「研碎冰花圖雪竹，世情淡薄此心寒」；「歷劫不撓君子節，畫中自有歲寒姿」……不但字句重視語言的視覺、感覺與聽覺，也流露他的高風亮節。

中國第一部植物學的書《南方草木狀》，將植物分成竹、草、木、果四類，竹本身就是一大類；晉朝《竹譜》也以其不剛不柔、非草非木來說明它的獨特性。

中國詠竹的詩很多，最早出於《詩經》，如：「籊籊竹竿，以釣於淇」，顯示人們自古以來就以畫竹詠竹表達心聲。

至於與竹有關的故事，則屬晉朝初年的「竹林七賢」最為著名。七賢是指阮籍、嵇康等七位信仰老莊哲學的好友，由於輕視當時的朝廷與禮法，時常聚於竹林之間飲酒高歌，縱情清談，暢抒己懷。他們的形象，成為千古以來文人追求自由精神境界的楷模，也是遠離世間榮華富貴的象徵。竹子的筆直，性空，有節，也一直被視為全德君子的風範。

二十多年前，我與仁喜搬到陽明山定居，住家周遭竹林處處，每次走入林中漫步，空氣清新而純樸，讓人有著庶民的情懷，也有思古之幽情的感受。當陽光灑落在竹林間，青綠的葉影好像有聲音一樣的筆直穿透下來，當微風吹進竹林，則看到竹子能屈能伸、高風勁節的特性。所以，走一趟竹林，總讓人神清氣爽，俗慮全消。

台灣高溫多濕，適合竹子生長，品類多達六十多種，可以說是「竹繁不及備載」，但可生產食用筍的只有麻竹、桂竹、綠竹、孟宗竹、轎篙竹、刺竹，還有列為管制採收的高山箭竹等。綠竹筍的纖維細緻，是台灣筍類中風味最特別的。孟宗竹所產的冬筍，則是冬季最珍貴的天然食材。轎篙竹的筍，質地較軟，通常在採收後立刻入水煮熟，裝入鐵桶密封後運到市場販售。刺竹筍味略苦，煮熟去苦味後可做酸筍與筍乾。不過刺竹最大的功用是做防風林或防護林。台灣早年有許多村莊名「竹圍」，其四周種的都是刺竹。高山箭竹是極為少數的包籜矢竹，分布於高海拔一千八百至三千八百公尺之間，竹桿纖細堅韌，竹筍的籜葉到長大成筍都不脫落，靠地下走莖蔓生。陽明山的小油坑一帶也盛產箭竹，附近居民採摘箭竹筍販賣長達數十年，很受當地餐廳和遊客歡迎。陽明山的箭竹高度不及一公尺，筍子特別鮮嫩，後來雖有移到別處種植，但成長後比原有的粗大，筍子也比較硬，肉質無法跟陽明山上的比擬。不過有關當局為了保育的需要，最近已經禁止採摘。有些民眾不知道這項法令，還因採箭竹筍而被抓去坐牢呢。

竹子除了在精神上代表一種不卑不亢的風骨，清朝時代的詩人鄭板橋寫過一句「一兩三枝竹竿，四五六片竹葉，自然淡淡疏疏，何必重重疊疊」，也描繪出竹子的一種簡約意境。在實際生活上也是與人類生活關係最密切的植物，幾乎全身都可利用。除了可以做圍籬，葉子可以包粽子，鮮嫩的竹筍可食用，也可以就地剝葉，蒸煮與發酵，再曝曬後做成筍乾。「新筍已成堂下竹」之後，所有的竹子都可做建築、工藝品、家具的材料。台灣鄉下以前有很多「竹管厝」，就是隨地取材用竹子蓋的。家裡的桌子、椅子、床鋪、嬰兒車、童玩、竹編籃、紙張也都可以用竹子做。還有農田裡用的簍子、清掃用的掃把、飯桌上的罩子……處處可見竹子融入人類的生活中。

竹籃子或竹簍子，不只實用，也展現編織的設計藝術與技巧，充分顯示線條造型的多樣性。每一個中國女人的廚房，或多或少都有些竹籃子，用以裝水果、乾貨或女紅。我四處蒐集來的籃子簍子，每個都有不一樣的功能與背後故事。

還有一種我最喜歡的竹製抱枕，不但實用而且具有想像力。它是用細竹篾編成長方形，中間空的，有點像枕頭，但比枕頭瘦，是以前沒有冷氣的時代，睡覺時習慣抱個東西的人的恩物。因為抱著人太熱，就發明了這樣的竹抱枕，取名「竹夫人」，多麼傳神呀！

竹子還有個最大的特性是生長快速，不像木材需要種幾十年甚至百年以上才能使用，因此近年來它被視為環保材料，研究開發了不少新功能。例如含有天然礦物質的竹炭，是一種多孔質材料，可調節濕度與水質，也可釋放遠紅外線。這種全新的材料，不但可應用在建材上，也可做布料、毛巾、衣物等等，真是一個令人鼓舞的材料發明。

回頭說竹筍，它是中華料理獨有的食材。各式各樣的筍乾，光以形狀而論就有象鼻筍、扁尖筍、針筍等等，產自不同的地區，也依據各地的飲食習慣燒製不同的美食。北宋著名的文學家蘇軾，發明的東坡肉流傳至今，但他說過一句名言：「寧可食無肉，不可居無竹，無肉令人瘦，無竹令人俗。」殊不知，把筍乾與豬肉燉在一起，那人間美味是足以讓人俗而不悔的。

各種筍或筍乾燒肉都很好吃，筍乾最好先用洗米水浸泡一夜，比較容易煮透，配以三層肉燉煮越久越入味。我阿姨燒的筍為玉蘭筍，來自孟宗竹，她一次總燒上一大鍋，燒好放冰箱，待冷卻後撇去上面的油脂。阿姨講究保養，擔心玉蘭筍的纖維較粗，怕我們的消化道受不了，所以每次都有配額量，端上桌的時候只上一點筍，據她說，肉的味道都到筍裡了，筍比肉好吃。那寬厚的玉蘭筍入口，真的分不清那是肉還是筍；明明是肉的味道，口感卻是筍。她那一大鍋，在冰箱越放越好吃，有時她還會在快要吃完的時候，把剝了殼的水煮蛋放進滷汁，滷出來的蛋還帶著筍香呢。

上海人的最愛則是扁尖筍，以浙江天目山出產的最為有名，是用當地的烏雞筍等經過盤捲，敲打至扁的形狀，加鹽醃製曬乾而成。好的扁尖筍，摸上去時，鹽霜不會沾到手上，好像是筍自然結晶出來的，色澤青黃帶翠，筍身結實，略帶清香。我阿姨買了扁尖筍回來，總在煮前再曝曬過，她說台灣氣候潮濕，含鹽分的東西較容易吸水長霉。她還會用摸筍的溫度來判斷是否快要發霉呢！

扁尖筍不能用切的，要用撕的，呈條狀後泡在水中一陣子才煮，放雞湯中則雞湯有清香味，若放在烤麩中，則讓麵筋與冬菇都有香味，是素食最好的味覺來源。

我家附近的竹林都是綠竹，夏天採收綠竹筍的季節，清晨五點就要提著手電筒到竹林去，因為蚊子很多，腳上還得穿上可掛蚊香的籠套。那時新筍還沒竄出來，看到地上一坨濕潤的土，從旁邊挖下去就是一枝鮮嫩的筍。採收竹筍時不要讓筍出土，是因為一出土就可能會苦。

綠竹筍的特色是清香鮮美，煮綠竹筍必須連外殼洗淨，放入過頂的冷水裡或洗米水，也有人會加上一碗白米或米糠與兩根乾辣椒藉以去除苦澀，以大火煮滾十分鐘，然後再以一斤約加一分半鐘的時間燜煮，熄火等待冷卻，讓筍殼的清香氣味浸入筍肉中，所以什麼也不用加就是人間美味。也有人放電鍋蒸，內鍋不放水，外鍋放兩杯煮過的冷開水即成。電鍋蒸下來內鍋所集結的水，是筍之甘露。筍切成小塊蘸美乃滋或醬油吃各有滋味。切絲與肉絲混炒或切片煮湯，也都甘美可口。如若煮湯，在地人會選用比較深的土蓋的筍，通常尺寸比較小，這種筍煮的湯，更為甘甜爽口。但若看到筍頭冒出綠色，表示此筍出土一段時間，會有草酸，也會纖維化，比較硬，需要靠洗米水或米糠酵素，幫忙溶解草酸，這種筍通常就是切絲炒肉絲或豆瓣醬。筍尖的部分通常都順切，底部則要橫切，這樣比較容易入味。

每年綠竹筍盛產的季節，我都會直接到筍園選新鮮的，煮一大鍋，待冷後放入冷凍庫，季節過了，想吃就可以拿出來打牙祭。知道人間有此尤物，如果食無竹，就覺多麼無味！而有竹斯有筍，如果有一天能與蘇東坡比鄰而居，我一定告訴他：「居有竹，食有竹，不瘦不俗不離竹。」

黃金好個秋

技術更考究的客人，吃完了蟹則會在盤子裡回敬主人一隻蝴蝶——

蟹的大鉗子，敲開來向外一拉會拉出大鉗子的一片骨頭，左右交錯一放，就是一隻蝴蝶的樣子。

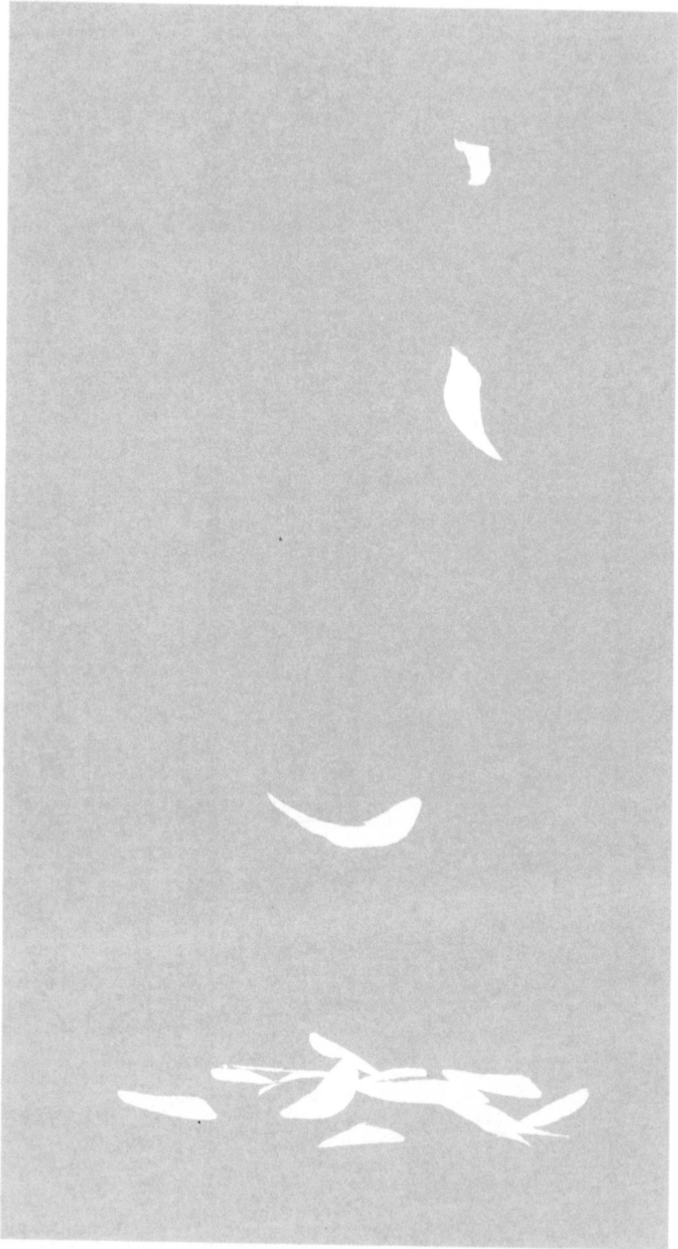

黃金好個秋

我對秋天的黃金色印象，是從小時候吃蟹宴開始的。四十多年前，產於大陸的大閘蟹還不能合法進口，但愛吃蟹的上海人總有辦法託人從香港走私進來，或從特殊管道買到海關查扣的拍賣品，每年秋風送爽之後，我常跟著父母親到親友家吃蟹宴，我家也會收到兩三次親友餽贈的大閘蟹。

我家的大閘蟹，還有一種戲劇性的來源。我母親與阿姨有幾個當電影明星的乾兒子乾女兒。當年的海關很嚴格，但對電影明星好像有某種禮遇，不需要被檢查。入秋時節，他們去香港或從香港來，也會偷偷帶幾隻大閘蟹來孝敬乾媽。我記得其中一位乾哥哥帶著他的朋友風塵僕僕趕到我們家，進門鞋一脫就用那演古裝戲的聲調說：「娘呀，孩兒回來看您啦！」然後眼神溜溜的轉，小心翼翼的，從他們的大外套口袋裡邊掏邊喊：「一，二，三，四，五！哇，五隻還會動的大閘蟹！」然後又用那古裝戲的聲調說：「娘，這是我孝敬您的！」

我母親是又高興又捨不得，「你看看，你看看，要是被查到了可怎麼辦？

你這個孩子呀，頑皮！我們怎麼捨得你這樣呀？以後千萬不可以呀！」話雖這麼說，偷渡蟹的戲碼依然年年上演！

大閘蟹價錢高昂，得來又如此不易，加上牠那珍貴的膏是「黃」的，難怪從小給我「黃金」一般的印象。

據說有人把「吃大閘蟹」列為一生一定要做的一件事，可見這秋天最誘人的食物有多大的吸引力。我小的時候，如果某日發現家裡的人突然上上下下很忙碌，似乎還帶點神祕的氣氛，就猜想著晚上可能有螃蟹宴。因為那時我母親也會託人從海關拍賣買兩箱大閘蟹，慎重其事的上菜場買菜，晚上治理一桌豐盛的蟹宴回請親友。預訂的螃蟹送來了，要一一刷洗乾淨，當然得有一番忙碌。不久，生薑與鎮江醋調和的香味漫出來，吃蟹的用具，裝醋的壺，放薑與糖的小碟，精緻的洗手小碗，暖酒的壺，喝黃酒的小杯子，吃蟹用的繡了花的棉質小圍兜……一樣樣像扮家家酒似的擺上桌；一場讓人心神蕩漾的蟹宴就要開始了。

那年代的大閘蟹味道很重，我母親蒸蟹時，水裡要放入乾紫蘇葉同煮，而且為了怕留下腥氣，飯桌總要先鋪一層塑膠紙。蟹蒸熟上桌後，母親就一一挑選；如果發現「黃膏」不夠多就放在一邊留給自家人，務必挑選「黃膏」肥滿的給客人。分蟹的儀式是蟹宴的序幕，大家謙虛的推來讓去，笑語喧譁中有熱鬧也有溫馨。序幕拉開後，每個人就開始用各自熟練的方式，慢慢享用這人間的美味。

大閘蟹的吃法是拆下一隻小腿後，用它做工具來吃其他的腿肉；母親說那個動作叫「拆」。那拆下來的肉質之鮮美細緻，是其他螃蟹沒法比的。而綿綿密密的黃膏吃下肚子後，加上喝了幾杯黃酒，就覺得從心裡到肚子都醺醺然的醉了！所以我母親總先熬好一鍋薑茶，吃完了蟹，熱熱的一口口喝下去，胃有一種甜美的飽足感，蟹的寒氣也消減了大半。

吃蟹的技巧因人而異，不善於吃蟹的，主人來收盤子時會有些碎殼，會吃蟹的人則是留著一隻完整的蟹殼。技術更考究的客人，吃完了蟹則會在盤子裡回敬主人一隻蝴蝶——蟹的大鉗子，敲開來向外一拉，會拉出大鉗子的一片骨頭，左右交錯一放，就是一隻蝴蝶的樣子。所以上海人宴請蟹宴，會在請帖上寫著「蝴蝶宴」。

吃蟹的儀式告一段落，會有一段忙碌的中場休息。主人要收掉塑膠布，換新的餐具給客人，客人則要卸掉小圍兜，輪流去洗手間，用牙膏再洗一次手；女士們也趁機補個妝，陸續回坐等著第二場節目。

吃蟹的儀式可能每家差不多，第二場節目才見出各家手藝的不同。像我家，如果不是請客，吃完蟹會來一碗「蝦蟹麵」，如果有客人來，則先上各種冷盤小菜，馬蘭頭豆干、素鵝、熗芥菜、風雞、溏心蛋、肴肉等，至少七八種，配著溫熱的稀飯慢慢吃；有時也應客人要求吃「蝦蟹麵」，被蟹黃與黃酒醺醉了的胃，這時終於漸漸醒過來。

吃完稀飯，冷菜撤下，開始上熱炒：豆干肉絲、雪菜百頁、龍井蝦仁、八寶辣醬、雞絲豌豆……菜式每次都有變化，但一定有一道入口即化的蹄膀。我阿姨說，蟹黃好像會把我們胃裡的油水吸走，吃完了蟹覺得很「齁」，需要吃些帶油的肥肉補過來。

至於壓軸的湯，我家必定是醃篤鮮，它綜合了火腿肉、家鄉鹹肉和五花肉的香濃，百頁結的樸實，冬筍的清香，在熱氣裡一口一口喝下去，「齁」的感覺也一寸寸消除了。

這第二場的菜，多數人家是一道一道上的，有一次我在香港一位長輩家作客，吃完蟹之後卻是一口氣端上二十道做工繁複的地道上海菜。那種海派的排場，讓我嘆為觀止，至今難以忘懷。

海派人家不但吃蟹，還要做「蟹粉」，就是上海話的「哈粉」：把蒸好的蟹黃與蟹肉細心拆下後，用油與蔥炒好，涼了後放進冰箱珍藏，這是未來沒有大閘蟹的幾個月裡，家裡最重要的食材配方。拆幾隻大閘蟹，得到的粉也只有一點點，要炒做一碗蟹粉，花的錢也許跟買金子一樣多呢！

雖然吃大閘蟹是許多人一生中一定要做的一件事，很遺憾的是我父親體質過敏，無福享用；他說這是「敬蟹不敏」。每次我們細心的吃著蟹時，他總是閒閒坐在一旁，像個說書人開始講故事。他生性幽默，每每說得大家哈哈大笑。我覺得最有趣也記得最清楚的，是他說被我母親招贅的故事。

我母親年輕時就開始唱戲，晚上唱完戲後要跟團裡的人研究明天的劇碼等等，回家好好吃頓飯時已經晚上十二點多，休息一下洗個澡再看看書，入睡的時間可能已是清晨了。她婚後雖然不再唱戲，但因為個性好靜，還是等所有人入睡後再看看書，享受一下自己的閒情，因而起床時大多已過中午。我讀國小五年級時，家裡從鄉下請來十七歲的女僕阿葉，她家是務農的，每天大清早起床，從來不知道有女人可以睡過中午。我父親說，阿葉初來我家時，以為我母親有病呢，後來仔細觀察，不像喲，氣色好得很！於是她又想：這女主人真神氣呀，先生早早起來去上班養家，她卻睡到中午才起床，說不定她娘家很有來頭，這先生是招贅的。一天我父親吃早餐時，阿葉忍不住問他：「先生，你是不是招贅的？」我父親覺得很有趣，就笑著回答：「是呀！」阿葉於是把本省人的招贅習俗一一說出來和外省人做比較，她每說一樣我父親就說：「對呀，就是這樣呀！」最後阿葉還問：「那你會不會也要被罰跪呀？」我父親說：「要呦！」阿葉好奇的問道：「那你怎樣跪？」我父親當真在餐桌旁跪給她看。哪知阿葉舉起手說：「不對不對！被招贅的要這樣跪，手要舉起來！口裡要唸小子無能……」我父親也就真的有樣學樣舉起了手。然後阿葉又問：「先生，那你有沒有改姓？」我父親靈機一動說：「他們看我跪下了，可憐我嘛，就不要我改姓了！」……那天上午我父親沒去公司，等我母親中午起床後，就在阿葉面前朝她跪下，我母親先是一愣，看到我父親頑皮的眼神馬上會意過來，用清亮的京片子回了一句：「平身！」我父親哈哈大笑站起來，阿葉則漲紅了臉，嚇得跑進廚房躲起來。

我父親說，他後來也沒跟阿葉說這是笑話一場，不知她回鄉下結婚後，怎樣向村人傳播這件「外省人招贅」的情節。

秋天吃蟹的活動還不止於此，有些生活優渥的上海人還特別組個「吃蟹團」去香港，一團總有二十多人。我姨父以前離開上海後曾在香港做過股票業務，認識不少當地的同業，後來在台灣經營證券公司也很成功，每年秋天都和我阿姨參加。我父親因為政治冤獄，被當時的政府限制出境，我母親因而也不參加吃蟹團。但是阿姨疼愛我，我上中學以後曾招待我一起去開開眼界。

那時也還沒有開放觀光，辦理出國手續很麻煩，二十多人組團去香港可是一件大事情。那不但代表著要出國，而且很像是外交使節團去辦外交，因為對口也有一團人在等著你去交流。要有閒，也要有錢！

吃蟹團去香港，除了吃大閘蟹，還要交際應酬，買首飾衣物，以及各種珍奇的南北貨，總之就是去花錢。隨著丈夫同行的太太們，身上的穿戴，交際的禮儀，都代表著一個男人的成功指標，雖然是去花錢玩，其實也是比排場，頂辛苦的。我還未結婚，沒有她們的富貴與負擔，更能站得遠遠的看那個使節團的節目。

香港的對口接待團，端出各種的譜招待台灣使節團，台灣團要答謝的禮數當然也不在話下。譬如我阿姨，為了送答謝禮，特別去找一位專門刻象牙的師傅，他刻的象牙球，球中有球，還會動來動去，送給香港朋友時當然贏得一陣驚嘆。

吃蟹團到香港，總是一早出發，到香港安排好旅館後開始拜會朋友，午後就到香港朋友預訂的旅館房間打麻將，聊天敘舊，打到天黑了才吃飯，重頭戲當然是吃大閘蟹。

第二天吃過早餐就去逛街，在一家家店裡進進出出，採買首飾、衣物、披肩等等配件……。走到雙腿都快麻掉了，拎著大包小包回旅館打理，然後盛裝出場到另外一個旅館。阿姨說，去聽戲！還沒走進旅館房間，走廊裡就聽到胡琴聲幽幽傳來。因為兩邊都有愛唱戲的票友，趁這一年一度的交流，都要展現自己又學了哪齣絕活。唱到吃飯時間，隆重的晚宴又開始，第一道當然又是大閘蟹。也許因為在香港吃蟹比較平常，我總覺得似乎少了在台北吃蟹那種得來不易的珍奇與興奮。

第三天上午起床後仍是採買，但走的是南貨鋪子或北貨鋪子。那時的雜貨鋪還分南分北，貨品的區隔很清楚（現在則已南北貨混雜合併）。總之大家各憑本事大採買，然後拎著火腿魚肚等等南北貨，一箱箱的搭晚班飛機回台北。要孝敬長輩的，要送親戚送朋友的，講究禮數的上海人一樣樣打點得清清楚楚。看起來吃蟹是名目，採購才是重點。

同時，我也意識到那些叔叔伯伯們，似乎藉著那一年一度的場面，以及集體的「採購宣誓」，對他們的太太表達慰勞、寵愛甚至是「贖罪」。而太太們也都唯唯諾諾，理所當然的代表著她們的先生，一律被稱為「X 太」；尾音還是微微上揚的輕聲呢！

如果有個女子當時被稱為「X 小姐」或稱名道姓，必定是有兩把刷子的「厲害角色」。吃蟹團有位王伯伯從不帶太太同行，他帶的「紅粉知己」徐小姐就是其他太太們所謂的「厲害角色」。聽說王伯伯很疼愛徐小姐，就是沒辦法把她「娶」回家。徐小姐有點像大學生，長髮垂肩，脂粉不施，也不戴珠寶，自然有她的韻味。她有自己的事業，我在台北就認識她，所以吃蟹團吃飯時常與她坐一起。有一次在一桌太太們吃飯的檯面上，她小聲的問我：「妹妹，妳看這一桌上哪個女人有氣質？」我放眼掃視了一下，貴氣、嬌氣、嗲氣、霸氣，樣樣都有，一時不知如何回答，只用眼睛拋給她一個問號，她呢，則用眼睛拋給我一種不屑的眼神，意思是：一個也沒有！

雖然如此，那群太太打麻將或唱戲時，我總會入神的欣賞著她們精心展示的華麗衣服，搭配的鞋子，皮包，圍巾或披肩。有些披肩還垂著各樣的流蘇穗子；最特殊的是一條粉紅色披肩，繡著巴洛克時期的圖案，既有東方色彩又帶點歐洲風味。那個房間裡的氣氛和意象，可真像白先勇的〈遊園驚夢〉啊！

算命也是吃蟹團的重要節目，阿姨告訴過我徐小姐算命的故事。當時香港有位鐵版神算很精準，伯伯叔叔們問局勢起伏都去找他。聽說王伯伯的命單出現了「一字記之曰徐，捨不得」這幾個字，他回家拿給太太看了，王太太就此默認他與徐小姐的關係，只規定每晚十二點要回到家。他也拿給徐小姐看了，表示兩人情緣天定。後來徐小姐也曾自己去找鐵版神算，命單裡排出「一字記之曰王」，再度證明了兩人的情緣，終於心甘情願的跟著王伯伯。但因沒有生兒育女，心情難免有些孤怨。聽說王伯伯每晚離開徐小姐家時，都會在她床頭倒一杯約四分之一瓶的XO白蘭地。那一大杯當時非常昂貴的XO，彷彿是王伯伯的替身，陪著她慢慢的喝，醉了才能好好的睡一覺。

徐小姐拋給我不屑的眼神後，看著一屋子的繁華與喧譁，我不禁想著回到台北後，王伯伯又要每晚十二點回到家，她也又要每晚孤單的喝一杯昂貴的XO……。吃蟹團的這幾天，對她也是黃金好個秋啊！

許多年過去，對於當年跟著吃蟹團去香港看到的一切，我至今印象深刻。有兩年，香港的長輩們也在秋天帶著大閘蟹到台灣來拜訪，台灣的長輩們當然也使出渾身力氣接待他們。但台灣的旅館當時禁止打麻將，餐廳也不能公開吃大閘蟹，所以打牌、吃飯常在我們家，大夥玩夠了才各自回旅館休息。

不管是香港或台灣的長輩，他們的相聚代表著一九四九年前後從上海到香港與台灣的某些飲食文化與作客文化的融合。他們雖然事業與生活都過得很好，但當地的台灣人與廣東人好像也說不上是百分之百的接受他們。所以吃大閘蟹，其實是鄉愁的一部分。當年離開上海，以為過個一兩年就能回去，哪知後來回不去了。住在香港的，只要有錢還能大方痛快的吃大閘蟹，住在台灣的，即使有錢也必須透過走私、偷渡才吃得到，始終帶著不可明說的神祕色彩。

他們一起享受著美味的蟹宴時，一定也會想起還留在上海的家人吧？有多少以前與家人享用蟹宴的回憶，點滴縈繞心頭？但場面上的他們總是熱熱鬧鬧的，回憶沉在心底，笑容堆在臉上，吳儂軟語的上海話裡夾雜著幾句豪爽的廣東腔、標準的京片子，聽起來像是高低起伏、節奏鮮明的大合唱。當時年紀小，只覺得那氣氛既繁華又闊氣，現在回想起來，那也是一種說不清心情的，如黃金一樣沉重的季節啊！

Sept. 1. 1997
Avignon, Palais

土地公的臉書

我們才知道，這兩個冤家在家像仇人，出了門後竟會結伴而行，壯著膽子一起四處遛達、串門子，體力耗盡才回家。

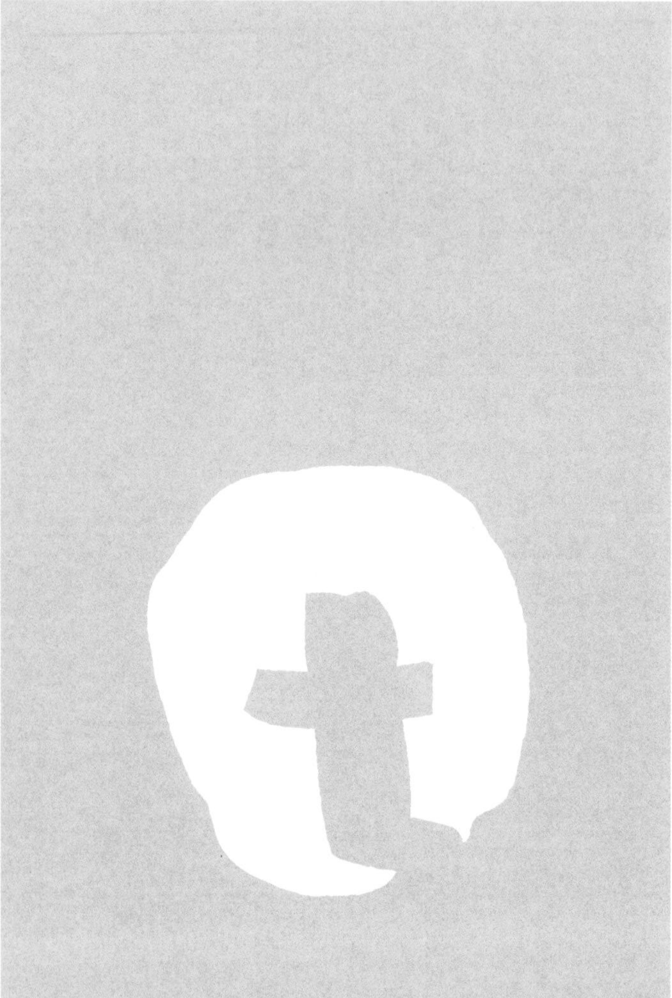

那天是我五十四歲的生日，傍晚要搭飛機去東京，第二天出席一個排了很久才商定的會議。

一大早，仁喜把我拉到電腦前面，與在美國的孩子們一起上SKYPE，看他們唱「生日快樂」。那幾天我沒睡好，螢幕上看到自己眼睛浮腫的勉強回應他們，心裡卻還憂慮著家裡的兩隻狗已經走丟九天了！孩子們問我要什麼生日禮物？我忍不住大哭著說：「什麼都不要！我只要狗狗趕快回家！」然後把螢幕裡的孩子們當成心理醫生，開始述說我的內疚：「我對不起牠們！我都沒有花時間在牠們身上，如果牠們真的有個三長兩短怎麼辦？如果牠們被人抱走了，欺負牠們怎麼辦？九天了，牠們一定很餓很冷！嗚嗚嗚……」我跟孩子們繼續說：「我太忙了，每天進進出出的，沒時間多關心牠們，陪牠們丟個球玩玩什麼的，我是一個爛主人，沒有盡責！現在失去了牠們，我好後悔啊，嗚嗚……」孩子們陪著我一把眼淚一把鼻涕的，那個生日祝賀就在哀戚的氣氛中收場。

我們家共有六隻狗，走丟的兩隻是Simba與Kuro。Simba是兩年前仁喜送給我的生日禮物，金色毛，三角眼，個性很挑剔，有著不為三斗米折腰的個性；Kuro比Simba小半歲，黑色毛，胸口有個白色蝴蝶結，跟那位紅遍天的足球員梅西一樣機靈，見縫就可鑽出個名堂來。這兩隻都是柴犬，也都是公狗，為了爭誰是我們家大王子Jazz名下的二王子寶座，常常打得頭破血流。我難得閒暇在家時，總是摸著Simba，口裡安撫著：「Kuro寶貝乖！」讓牠倆之間有個安全距離。不過牠倆還是常用眼角互瞄，找機會挑釁對方。後來送去結紮，以為性情會好些，但也只是由一週互打四次變成一次罷了。

假日在家，遛狗是我的大事，六隻狗通常必須分兩批出去遛。但是生日之前那個週日太忙，索性一次帶出去。哪知Simba和Kuro趁亂掙脫，一隻往東跑，一隻戴著狗鍊往西跑。我一時慌了手腳，一陣混亂後把另外四隻搞定，跑掉的兩隻早已不見蹤影，該從何處找起？

平常牠們偶爾也會出去撒野，但大多是一隻溜出去，晚上回到房子邊徘徊，我半哄半勸的請回家。有一次這兩隻一起溜出去，夜深了，我出去找牠們，竟在對面鄰居的花台上；原來牠們趁鄰居大門沒關，大搖大擺的進去要東西吃。那個深夜，牠倆回家後，好像自知做錯事的孩子，乖乖的躺下來，閉起眼睡了。我們才知道，這兩個冤家在家像仇人，出了門後竟會結伴而行，壯著膽子一起四處遛達、串門子，體力耗盡才回家。

但這次一隻往東一隻往西，怎麼分頭去找呢？Kuro還戴著狗鍊，容易被纏住，很危險的。問了附近的人，有些說東邊山頭有聽到狗打架的聲音，有些說西邊山頭曾經看到一隻……唉，這麼大個山，到哪兒去找呀？這幾天天氣不穩定，氣象報告說會有大雷雨，我心想，牠們最怕打雷，一定會乖乖回家的。然而，等了一天又一天，仍然不見蹤影。

　　第四天上午，我越想越不妙，印了八張牠們的照片，到附近的公車站與里民活動中心張貼「懸賞找狗」的海報，也跟里長拜託，希望有人跟我聯繫。那天我也乾脆把其他的狗都關起來，大門開個縫，心想牠倆累了，可能會溜回家來吧。但是過了兩天，仍然無影無蹤。當晚開始起風，打雷下雨，我的心一直往下沉，想著牠倆一定嚇壞了，又餓又冷，我的整顆心開始發慌，做什麼事都不能專心。

　　週六那天，仁喜帶著其他四隻狗出去，邊遛邊找仍找不到。到了週日，仁喜與我開始唉聲嘆氣了！糟糕，已經七天了！仁喜開著車在山裡找，我在家附近的馬路上，見人就問：「你們有沒有看到一隻黃狗一隻黑狗？」有人說：「有耶，好像看過一隻黃狗，前幾天就在附近！」我問有沒有看到黑色的？他們都說沒有……

　　那天我們找到天暗了才滿心沉重的回家。

　　到了週一，上班前，我又在馬路上到處問人，並且攔下郵差先生請問他，他說：「有，有看到一隻黃色的，再往山裡面一些！」我心裡想：「糟糕，怎麼都沒有說看到黑色的？是不是狗鍊被樹纏住了？會不會卡到不能呼吸了呢？」我傷心得開始哭起來。下午有個整脊的治療課程，我趴在按摩床上治療時又哭了，從默默落淚到嚎啕大哭，嚇壞了醫生與護士。結束診療出來後，我一路哭著回家，像個失神的瘋子。

我生日的前一天，仁喜與我下班後去參加一個結婚晚宴，心裡的大疙瘩仍轉來轉去，兩人都慌慌的坐不穩。晚宴後來不及回家換衣服，一身盛裝的在山裡喊著：「Simbaaaa! Kuroooo!」但沒有擴音器，聲音不夠大，沒什麼效果，我的心又沉到海底了。

生日那天，就要去日本了，仁喜得提早去東京張羅細節，與我唱完生日快樂歌就急著去搭早上的班機。我茫然地想，我下午一走，更沒有機會找狗了，但我不能丟下牠們不管呀！於是靈機一動衝到里長辦公室借擴音器，下定決心要盡全力找到狗狗。里長提醒我說：「去找土地公啊！」

對喲，我怎麼都沒想到向神明求救呢？這山上有很多土地公廟啊！於是，途經一座土地公廟，我就停下來合十祈禱：「土地公呀，土地公！您知道狗狗在哪裡吧？請保佑牠們，牠們一定又累又驚嚇，求求土地公開恩！」

我把車開到山上比較高的地方，拿出擴音器向山谷喊著：「Simba! Kuro!」又把車開到半山腰處：「Simba! Kuro!」

如此上上下下找了幾回，我覺得要找完這整座山，可能要耗到下午，會趕不上班機，心想是否明天上午再趕去日本？打電話給旅行社，想延後班機，回答卻說這幾天機位都滿了！

正在心緒混亂之際，來了一通電話：「你的狗在大樹下！」我驚喜的問：「哪棵大樹？哪棵大樹？」「就是大樹下呀！」「什麼樹？」「衛星站那邊的呀！」「那裡樹那麼多！」「那個餐廳呀！」「你是說有個餐廳叫『大樹下』嗎？」「是呀！」我問清楚位置，立刻開車去離家五公里的「大樹下」餐廳。

到了餐廳停車場，門口有些人，像是住在這附近，「請問你們有沒有看到狗狗？」一位中年先生說：「有呀，咦，怎麼今天沒看到？」我跑往斜坡上的餐廳去問，老闆與老闆娘也說：「有呀，這幾天都在這，我們客人都好喜歡，逗牠玩，還照相呢！我都給牠吃剩菜呀！奇怪啊，今天沒看到！就窩在那個屋簷下呀！不過我們週二休息，沒開門。咦！前天還在旁邊一直繞一直繞，妳看我還留了剩菜，今天要給狗吃……」

我哭著問：「是一隻兩隻？」答案是：「兩隻！一黃一黑！」確定是兩隻！Kuro沒有被纏到！我激動得心揪了起來，想像兩個小仇家相遇時的畫面，一定相互擁抱，且一路上相互照應，我猜一定是Simba照顧Kuro，哥哥照顧弟弟，心中有一種莫名的安慰。老闆說：「牠們一定在附近啦！」我說：「謝謝你們，我找到了回來謝謝你們。」

回到車子邊，我拿出擴音器，大聲的對著山谷喊：「Simbaaaaa! Kurooooo! Simbaaaa……! Kurooooo!」

我非常激動，大聲的叫喊，大概這兩個名字後面都拖了個 aaaa 或 oooo，擴音叫聲顯得特別長，聲音傳入山谷，又淺淺的傳回來！如此一再的喊叫，很像歌仔戲苦旦拖著一個哭音尾聲，附近的人都跑出來看我，讓我更有臨場感；傳回的聲音突然振動了自己的心弦，所有的委屈一起湧上心頭，想起那首〈如果雲知道〉的歌詞：「如果可以飛簷走壁找到你，愛的委屈不必澄清，只要你將我抱緊……」我的眼淚一波一波的流出來。

我上車再往前開了幾百公尺：「Simbaaaaa! Kurooooo! 嗚嗚嗚嗚！Simbaaaa! Kurooooo! 嗚嗚嗚嗚嗚！」就這樣，停車擴音哭喊了幾次，到了一座較大的土地公廟前，我再度拿出擴音器喊，喊完就衝進廟裡，看到人家拜跪的矮凳，拉出來往上一跪，不能抑止的繼續大哭。我跟土地公說：「謝謝土地公！牠們都活著！牠們一定很慌，請保佑牠們平安，保佑我快快找到牠們！」旁邊一位老先生，指了指香爐，要我燒香拜拜。他好心的幫我點了七支香，要我三支供天，四支供諸神。我一邊哭，一邊照做，祈求土地公賜福保庇狗狗平安。

離開那座土地公廟後，我繼續往不同方向的山谷喊叫，路上又經過兩座不同的土地公廟，我也都停下來，繼續哭訴狗兒走失的故事，請土地公務必保佑。

那時的我已慌得神魂散亂，不知車開到哪裡了，但我還是見了人就問。好巧啊，問到一個先生竟說：「我就是剛才打電話給你的人呀！奇怪！昨天還看到耶！」我問過他的姓名電話，請他幫忙再找，繼續開著車，心想現在連我都迷路了，狗狗又怎麼找得到回家的路呢?何況這幾天下大雨，可能把牠們留下的印記沖刷掉了。

我慌張無神的在山裡繼續繞，繞啊繞的，又繞回「大樹下」的巷口，遠遠看到有人向我招手，開近一看是老闆娘與老闆。

我停下車，老闆娘說：「唉唷！山裡收訊不好，妳電話都不通！」我哭叫著問：「找到了嗎？」她說：「在內湖，妳快來打個電話！」我掩面大哭大叫，「嗚嗚！嗚嗚！找到了！找到了！」大概我哭叫得太大聲，她說：「妳不要叫，不要叫，我們餐廳有客人，妳這樣人家以為發生了什麼事！」老闆則在一旁咕噥地說：「他還不還妳都不知道呢！」

老闆娘撥通了電話，我激動的拿起話筒，沒等對方講話就說：「謝謝！謝謝你！嗚嗚！謝謝你！我要謝謝你，你在哪裡？嗚嗚嗚嗚！」對方愣了一下說：「對呀！我還來不及打給妳，妳就打來了！妳放心，兩隻狗，一黃一黑，我照顧得很好，餵牠們最好的飼料，讓牠們安全溫暖……」

大概我這歌仔戲苦旦唱得好，吵到了或是感動了「大樹下」餐廳的老闆，翻閱那一週的訂位紀錄，一一打電話給來店裡吃過飯的客人，問他們有沒有看到一黃一黑兩隻狗？週日晚上的客人王兄說，他吃飯時拍了兩隻狗狗的照片，週一放在愛狗社群臉書，註明這兩隻可愛的狗狗可能走失或被棄養；陳兄看到這訊息，興起做生意的念頭，週二一早就上山把狗狗抓走，立刻轉貼在另外一個愛狗人臉書，說明要放送(即半賣半送)。王兄又正巧看到這則放送訊息，立即打電話告知陳兄：「這兩隻狗是有主人的，請不要轉賣。」餐廳主人從王兄處得知訊息，也打給陳兄說明，陳兄則說，狗是他撿到的，是他的……

我打通陳兄電話時，他還來不及說話，已經被電話這一頭的我誇張的哭聲嚇到了，且我的第一句話就說要謝謝他，陳兄只好改口說他還來不及打給我，我就打去了……我約他在內湖國小門口見面，給了他點錢，帶回了Simba與Kuro。

話說惹了大麻煩的Simba與Kuro，見到我時並不像靈犬萊西認祖歸宗的奔向我，甚至連尾巴都沒搖一下，只是一臉疲憊與困惑的看著我。

我知道，牠們一定也嚇呆了。

後來王先生也來電關心，也驚訝的說：「怎麼會這麼巧！」我想謝謝他，他客氣的說不要。

滿懷欣喜的載Simba與Kuro回家後，我火速趕往機場。到了出境處的自動辨識系統前，螢幕出現一張奇形怪狀的臉，機器一再說「請重新辨識」、「請重新辨識」。啊，機器認不得我了；我看著機器裡的臉孔，連我自己也認不得啊！

在那尋找Simba與Kuro的九天裡，我經歷了自責、慚愧、傷心、失落、希望與幻滅、點燃與再熄、驚喜與感恩……哭了又哭的眼睛，腫得像熊貓，臉部的肌肉則僵硬得不知如何協調組合，難怪機器一再要我「請重新辨識」！

終於上了飛機，吃了晚餐，空姐送來甜點蛋糕，我拿起蛋糕，疲累的跟自己說了一聲：「生日快樂！」

日本回來後，我一一致謝所有參與協助的人。特別要謝謝的則是里長提醒我去找土地公。

土地公是福德正神，屬於民間信仰中的地方保護神，是具有福德的善神，也是與人民較親近的神祇。在尋找狗狗的過程中，我感覺土地公冥冥中確實幫了忙，暗中指點迷津，讓一切巧合藉著臉書出現。土地公們似乎也有臉書，威力強且疆界大，一鄰一里的從陽明山連結到內湖，幫失神到近乎瘋狂的我找到心愛的兩隻狗狗。

台北雖然早已進入現代化都會，到處仍可看到大大小小的土地公廟。逢年過節或造橋修路，鄰里眾人總虔誠的供奉水果香燭，祈求並感謝土地公的保庇。自從那次狗狗走失事件後，每當我經過任何一處土地公，必都合十微笑，感謝並請土地公保佑這塊土地上的一切生命。

情

賈寶玉呀！

曹雪芹在字裡行間描述的愛恨怨憎，哀傷與懺悔，貪婪與企圖，

涵蓋了一切我們日常所見的人事物。

賈寶玉呀！

二〇〇五年母親節那天，仁喜與孩子們吃過早餐就要出門，說要讓我獨個兒在家清靜清靜。他們的神情看起來有點詭異，我的心思可也會琢磨，猜想這個母親節可能收到一個不在我 wish list 中的禮物！果不其然，近中午的時候門鈴響了，我開門一看，他們圍成半圈，大女兒手上抱了一隻毛茸茸的東西，我還來不及看清楚，那毛毛的、熱熱的、重重的東西已經塞到我懷裡了。

原來，那是一隻灰黑白三色相間的哈士奇！

仁喜說牠是個少爺，才兩個月大，是他們花了一上午精挑細選的。我驚喜得說不出話來，一直笑著對牠左看右看，仔細端詳。牠卻只平靜的看著我，沒有掙扎，沒有驚慌，靈秀優雅，一派貴氣。

「賈寶玉呀！」我在心裡驚呼了一聲。

那是牠的名字的由來。

賈寶玉長得真是俊美。牠的毛色灰黑白相間，胸前的白色會隨著不同光線而呈現暖白、雪白與蒼白，灰黑色則層次繁密的順著耳朵一根一根向上排列。牠的臉也是白的，杏眼一般的眼睛黑得發亮，內眼瞼細細一條白線，周邊又圍著一圈參差有致的黑毛。牠的嘴型有點尖，嘴脣一圈黑，像是隨時在笑的樣子。牠每一吋肌肉完美勻稱，腳掌略肥，渾圓而厚實。最奇特的是牠的鼻子，中間有一塊淡淡的粉紅色，那一小塊粉紅，雜在灰黑之中看似一種缺陷，卻是多麼嫵媚的點綴。而牠那天真無邪又極度自信的眼神，總讓我想到林黛玉初次見到的賈寶玉：

> 面如敷粉，脣若施脂，轉盼多情，語言常笑。
> 天然一段風騷，全在眉梢，平生萬種情思，悉堆眼角。

賈寶玉初來我家時，就像週歲左右剛會走路的小孩模樣，是一種需要被擁抱的形狀。每次抱著牠，與那雙讓我「神魂顛倒」的眼睛靜靜的對望，我常陶醉得一句話也說不出來。

「賈寶玉呀！」我在心裡嘆息著。

我們家原本就有收留三隻流浪狗，賈寶玉加入後，雙方需要一段適應期，起先不敢把牠放到院子裡，讓牠暫時住在離我們最近的陽台。有時我已經上床關燈蓋好被子準備睡覺，為了想再看牠一眼，會再起身，看牠確實睡得好好的，才安心回到床上入眠。但是每天一早我還沒睡醒牠就醒了，發出「來人呀，來人呀！」似的叫聲，希望有人去陪牠。我一向晚睡慣了，最怕一早被吵醒，唯獨對賈寶玉的叫聲是心甘情願、逆來順受的，仁喜對此還頗為吃味哩！不過賈寶玉懂得分寸，不會像其他小狗一直叫個不停。有時我們故意不理牠，躲在旁邊偷看，只見牠叫了幾聲後靜下來，神態安然的四處看看，對著空氣望著天空，或者跟陽台上的小昆蟲戲耍，倒也自得其樂的樣子。

然而故意冷落牠是要付出代價的。等我們走到陽台，牠會一頭衝進你懷裡，然後用頭慢慢的蹭你，彷彿是在一股腦兒的數落你：「怎麼可以把我寶玉丟著不管啊？你難道不懂什麼是寂寞嗎？」接著，最激烈的抗議來了，牠會用牙齒不輕不重的咬你的手。那時，你好像做錯了事在接受懲罰，絕不敢縮回你的手。我們全家五人的手掌，都曾留下那抗議與懲罰的痕跡。

除了早晨的「來人呀，來人呀！」，賈寶玉平日裡深悉「沉默是金」之道，從不會隨便亂叫。如果聽到牠不斷的嚎叫，那一定是牠有了什麼重大發現。牠住到院子後，有一次對著圍牆嚎叫不停，我走近一看，原來牆腳爬行著一隻很長的蜈蚣。還有一次是半夜一點鐘，牠的嚎叫像低沉的怒吼，我們下樓一看，牠正對著客廳門口的傘桶又叫又繞，傘桶的半腰似乎橫著一把傘，待走近才看清，那是一隻又粗又大的紅斑蛇！奇怪的是，在那關鍵的時刻，其他幾隻平日喜歡汪汪亂叫的狗兒，竟然沒有任何反應。

賈寶玉不但警覺性高，而且天生有教養。譬如我們用手餵牠食物時，即使牠很餓很想吃，也永遠不會急著張口露齒大咬，牠一定溫柔的用舌頭把食物小心舔進嘴裡，而舌頭絕不會碰到你的手。多麼懂得禮貌的少爺啊！

有時我們帶牠出去玩，放開鍊子讓牠在寬闊的草地瘋一下。牠絕不會跑遠，還一邊跑一邊不時回頭看我們，永遠保持視線跟著我們。等我們決定回家了，不用大聲叫喚，只要站著原地不動，不看牠，過不了多久牠就會自動跑回來，低下頭讓我們拴上鍊子。

平時我們總是很小心門禁的，一回一個工人來我家忘了關門，等我們發現時寶玉已溜出去了，一家人急得從前門奔出去尋找。當我們四處找不到而氣急敗壞，幾乎要哭出來的時候，發現牠竟乖乖的坐在後門口等著，眼中流露出闖了小禍「不好意思」的神色，讓我想教訓牠幾句都說不出口。

牠不只與我們有默契，也懂得不時表達對我們的感情。我們去爬山，常常是仁喜牽著牠走得比較快，我走得比較慢，牠發現我沒跟上就會停下來，等我到齊了才肯繼續走。我們出國幾天，回到家一定會接到牠的歡迎大禮——頻頻跳起來親我們的臉；最多的一次是對我的兒子ＪＪ，跳起來親他十二次之多。

賈寶玉是我們的開心果。每次牠到室內來，由於磁磚地板很滑，牠坐著沒有辦法控制打滑，漸漸的，屁股會一直往後挪。為了用力抵擋，牠的兩隻腳會慢慢變成一個「大」字，臉上流露一種不知怎麼辦才好的無奈表情，讓我們全家笑翻了。

有一次牠到廚房來演出一齣歡快的撒野遊戲，也讓我們看得停下碗筷，幾乎忘了吃飯。那次是姚姚不小心把冰塊掉在地上，牠立刻奔過去舔，舔一下冰塊就滑動一下。牠以為冰塊是個有生命的玩具，開始猛搖尾巴，對著冰塊叫，對著冰塊笑，並且企圖用腳去踩住它。牠那肥厚的腳掌墊子伸出去又縮回來，努力了兩次才好不容易踩上冰塊，卻也隨即滑倒了。但是牠不氣餒，為了鼓舞自己士氣還繞著廚房的中島快跑了幾圈，然後再度興奮的撲向冰塊。如此踩上了又滑倒，連續幾次奮戰不休，惹得我們也想加入遊戲，拿出更多冰塊讓牠踩。看到冰塊增多，牠更興奮了，猛搖了幾下尾巴就用力的雙腳一伸踩上去，結果是加速的對著櫃子滑過去，瞬間撞個四腳朝天！牠氣急敗壞的爬起來，改變戰略，不再去踩那些讓牠滑倒的冰塊，而是把臉對準冰塊不斷的怒吼、叫罵，彷彿在質問冰塊：你為什麼要害我滑倒啊？

那天真可愛的卡通化情節，確確實實是我家的賈寶玉在演出呢。

我們家的流浪狗，各有坎坷的身世。賈寶玉來我家的第二年，我們又收留了「林黛玉」和「木屐」；加上原有的「英雄」、「哥弟」、「警察」，賈寶玉身處其中確實像個氣宇軒昂的貴族。牠最喜歡和身材跟牠一般大的黑狗「英雄」逗樂玩耍，最照顧瘦弱的「林黛玉」，最拿心機古怪的「警察」小姐沒轍。牠們的生活和人一樣，每天有不同的故事上演。

「林黛玉」也是一隻哈士奇，是前年年底我開車經過中山北路晶華酒店時撿來的。當時牠在酒店前的花園附近徘徊，如果不是紅燈讓我停下來多看她一眼，我們也不會有這段緣分。我看到她受傷的樣子，就停下車來關心一下，她的後右腳大概被車子輾斷，剩下扁平的半截，三隻腳一跛一跛的，瘦弱得好像隨時會倒下的樣子。我問了附近的人，才知牠是一隻流浪狗。後來送牠去動物醫院檢查，醫生說一般流浪狗常罹患的心絲蟲病、皮膚病牠都有。醫生還在牠身上發現了晶片，我們照晶片上的電話打給牠的主人好幾次，對方都不予回應，顯然是有意遺棄，我才決定收養牠。

牠是個小姐，毛色和賈寶玉相近，年齡也差不多，可能在外流浪期間常常挨餓，腳被車子輾過，身上又有病，體型比賈寶玉足足小了一半，加上一臉病容，我們就喚牠「林黛玉」。牠來我家後，每天都要吃藥擦藥，一年三百六十五天不在愁中即在病中，花了我不少心血照顧，始終也沒見牠硬朗起來。寶玉大少本是習慣讓人伺候的，對黛玉小姐卻真的懂得憐香惜玉，呵護備至，有時還會幫黛玉舔身上的傷口呢。

不過寶玉沒經歷過流浪，不知生活疾苦，有時也會受到其他狗兒的戲弄，最典型的一件事是吃早餐。每天上午，我們的每一隻狗會得到一片吐司麵包，寶玉大少當著我們的面一口咬下去吃完，其他的狗兒則各自找個角落，細細嚼食牠們擁有的美食，心機特多的「警察」，最常搬出牠的戲碼作弄寶玉。

「警察」是個老小姐，一身黑色長毛，其實體型最小。牠當流浪狗時也許在險惡江湖吃過大虧，養成了敏感又卑微的性格，最善於卑躬屈膝、搖尾乞憐。我們每天回到家，其他狗兒一擁而上進行歡迎儀式時，牠總是孤獨的縮在一旁搖著尾巴，用幽怨的眼神說著：我在這裡恭候你們呀！如果你沒有立刻用眼神回答牠，拎著大包小包就要脫鞋或是衝進客廳趕著接電話，牠會衝到你身邊，冷不防的用那乾瘦似竹枝的冰冷爪子用力抓你一下，再用那委屈極了的神情看你一眼，此時你只用眼神回答是不夠的，你還得摸摸牠的頭，溫柔的說：「乖，對不起，我剛才沒看到你！」否則牠的尾巴會搖個不停，冰冷爪子還會冷不防的伸出來，絕不善罷甘休。

「警察」小姐如果心血來潮想演出戲弄寶玉先生的戲碼，你就會看到寶玉一口吃掉牠的吐司後，「警察」故意擺出一副受過教養的女性坐姿，腰從平日的懶散變成挺直，右前腳輕輕的搭在左腳上，像婦人畫報中那種凝視空氣的少婦，腳前則方方正正放著那片屬於牠的吐司，十幾分鐘一動也不動的在賈寶玉面前展示「我有你沒有」的神氣。不知此中意涵的寶玉，傻傻的繞到「警察」小姐身邊，以「反正你不吃嘛！」的表情試圖把吐司搶過來。那一刻，「警察」擺出來的教養立即消失，換上排練過的兇惡臉孔與眼神，嘴裡不斷發出高高低低的怒吼。你會聽到起先也許是警告，接著也許是叫罵，總之，聽在我們耳裡，那是流浪者對貴族宣洩的由衷不滿。

但是貴族少爺天真無邪，聽不懂「警察」小姐話中有話，仍然在旁邊與牠殷勤對話。從開始的「你不吃嗎？那給我吃嘍！」變成「吐司都潮了，還是給我吃算了」或「好啦好啦，別糟蹋了，就給我吃了吧，謝謝你啦！」最後變成「拜託啦，給我吃啦，求求你啦！」

如此「戲耍」了寶玉一陣子後，「警察」小姐有時慢慢吃掉牠的吐司，讓寶玉失望的坐在一旁看著。有時則會故作慈悲，真的把吐司「賞賜」給寶玉少爺。只見牠猛搖尾巴，直說謝謝，一口吃下。

「賈寶玉呀！」

我在心裡嘆息：「你怎麼可以為了一片吐司而毀了我對『賈寶玉』的印象呢？」

賈寶玉是《紅樓夢》的男主角，《紅樓夢》則是中國四大古典小說之一，問世至今兩百多年，「紅學」研究也成了世界各國漢學研究的顯學，在中外許多大學設有專門課程。我不是「紅學」專家，沒有資格向孩子們闡釋這部小說的精粹，但是做為一個讀者，我由衷認為《紅樓夢》是中國人的生活寶典，是一部任何時代都適用的百科全書，更提供我們在藝術、哲學與文學上的充沛養分。

在這部章回小說裡，作者曹雪芹寫盡金陵四大家族之首賈府的興衰榮辱，除了敘述賈寶玉與林黛玉、薛寶釵等女子的情愛幻變，更有生動的詩詞，考究的餐飲，藥學養生，建築與服飾形貌的描述等等，細緻呈現清朝極盛時期南京貴族生活的品味與頹廢。全書更透過劇情的轉折，融入佛學、道學、儒學等中國傳統宗教與哲學思想，使人閱讀起來對人生起伏，有更深一層的省思。而那官場文化的虛偽複雜，經濟體系的暗潮洶湧，好像也重現在兩百多年後的金融風暴裡；最近幾年打開新聞，許多政經社會現象幾乎都與《紅樓夢》的情節遙相呼應。人在擁有權力後容易陷入貪婪，在得意忘形時往往種下災難的種子，曹雪芹在《紅樓夢》裡述說的劇情，如今仍天天在晚上八點檔的新聞裡上演。

而且曹雪芹在字裡行間描述的愛恨怨憎、哀傷與懺悔、貪婪與企圖，涵蓋了一切我們日常所見的人事物，全書四百多個角色，沒有全然的好人，也沒有極惡之人，都是一種永恆的，自然的普遍人性。我覺得現代男性要了解女人，最好能夠詳讀《紅樓夢》，從那十二金釵的桃李爭春裡，不同性格的女性會有什麼心機，都可一目了然。

當然，讀過《紅樓夢》的人，每個人的解讀與感受可能都不同。在台灣，我鍾愛的三位現代作家白先勇、蔣勳、馬以工，都讀透了《紅樓夢》，並用各自的方式讓現代讀者更親近《紅樓夢》，讓年輕學生理解它的結構與技巧、哲學與美學。

此外，賈寶玉的青春之歌是那麼爛漫無邪，和他的上一代固守儒家思想成了強烈的對比。我自己隨著年齡的增長，每次翻讀《紅樓夢》都告誡自己：要常保赤子之心，不要太被世故所感染，尤其不要變成《紅樓夢》中那些偽善的，道貌岸然的上一代。

賈寶玉是出身於沒落貴族世家的少爺，就當時世俗的封建社會標準，是個與當道價值背離的叛逆少年。但他相貌出眾、靈心慧質，有自己獨特的人生觀與生活品味。他認為人只有真假善惡美醜之分，不該有階級貧富之別。他喜歡平等待人，尊重每一個人的個性，主張各人按照自己的意志自在的生活。在那個重男輕女的時代，《紅樓夢》以他為主軸，透過他與大觀園裡眾多女性的相處，深刻描繪不同年齡不同出身背景的女性，在生活的層層轉折中如何展現生命智慧與進退美學。他與林黛玉的純純之愛，也已成為世間少有的愛情經典。白先勇說，「中國的女人是挖不完的寶藏」，他自己的名著《台北人》中的女人，經歷了一九四九年國民黨撤退來台的轉折，在大時代的盛衰變遷裡，同樣展現了《紅樓夢》裡中國傳統女性堅忍圓熟的生命智慧。當然其中也有女人像「警察」小姐那樣，喜歡扮演戲弄富貴少爺的角色。

《紅樓夢》裡的賈寶玉，心地善良，自在瀟灑，才氣洋溢。我家的賈寶玉，也像他一樣天真爛漫，瀟灑活潑。不同的是，賈寶玉飽讀詩書，從先人的文化結晶中汲取智慧，才氣得以發揮，瀟灑之餘亦知禮數進退。我家寶玉為了一片麵包受到「警察」小姐的戲弄，真的毀了賈寶玉在我心目中的形象，讓我好傷心呀！然而，牠沒讀過一天書，大字不識一個，生活的天地也不如大觀園，哪知那些禮數進退呢？

想通了這一點後，我終於漸漸釋懷了。

翅膀硬了

鳥學飛翔，人學走路，都是為了生命的自立。

夫妻之間是從兩個不同的環境與概念，慢慢相互影響縮小距離的。

翅膀硬了

佛說：「人身難得」。平日忙忙碌碌，渾噩度日，沒有多想這句話的真義。直到見證過藍鵲在我家的生長，才深深體會生而為人是多麼的幸運難得！

我家住在陽明山，院子裡有一棵高大茂密的香楠木。去年（二〇〇六）五月，藍鵲首次飛來樹上築巢，生殖，從那整個的過程，我才知道看似氣宇軒昂的牠們也有驚慌脆弱的一面，理解了牠們生存的艱辛。

藍鵲生性兇猛，自衛性很強，牠們來我家築巢後，原本常在庭院出沒的麻雀、綠繡眼等其他小鳥全不知閃到哪兒去了，取而代之的是香楠樹下不斷出現的蜥蜴、青蛙、小蛇的殘骸碎骨，看了很覺不忍，但也無可奈何。畢竟，沒有吃食，何以生存？

去年藍鵲媽媽開始孵蛋後，牠們一大家族忙進忙出，輪流照顧。有一天我在屋裡聽到不一樣的叫聲，彷彿很憤怒又很驚慌，似乎是在求救，趕緊跑出去看，只見巢裡的藍鵲媽媽抱著蛋團團轉，一隻松鼠正與牠搶奪懷裡的蛋呢！那隻松鼠不知打哪兒來的，我們在這屋子住了近二十年，還是第一次見到松鼠到訪。為了這頓大餐，想必牠在附近守候很久了，等到媽媽落單趕緊跑來下手。我們立刻拿棍子去揮趕，已經搶到蛋的松鼠趕忙逃命，卻因驚慌過度，到手的蛋噗一聲失手掉下來！這種以前只在卡通影片裡看過的畫面，竟活生生在眼前搬演，我們的心情和樹上的藍鵲媽媽一樣，很錯愕，也很傷心。

經過那次松鼠事件，藍鵲家族更小心翼翼的照顧著剩餘的蛋。但松鼠也像卡通片中的壞蛋，沒吃到總是不死心；我們再次聽到求救聲跑出去揮趕時，狡猾的松鼠已經得逞，一溜煙跑走了！

兩次遭襲失蛋，警覺的藍鵲家族悻悻然打包離開我家大樹。松鼠也從此不知下落。樹下不再有青蛙、蜥蜴、蛇的殘骸碎骨，綠繡眼和麻雀也回來了。院子恢復昔日的安靜和清潔，我以為藍鵲找到一個更隱密安全的窩，不會再回來了。

但是生命變化難料，今年三月初，牠們成群結隊又來築巢，而且比去年早了兩個多月。也許擔心松鼠事件重演，這次的新家比去年築得高，幾乎是在香楠木的最頂端，我們稱它是「香楠旅館」。我們一家有著歡迎老友歸來的喜悅，也再度感受著蜥蜴、青蛙、小蛇等等小動物殘骸落地的無奈。不過，我們還是每天切了木瓜放到樹上，算是「香楠旅館」奉送的水果點心。

那窩藍鵲寶寶雖然沒有受到松鼠騷擾，卻也未能全部平安長大。一天中午我們發現泳池中有一隻淹死的藍鵲寶寶，下午又發現了一隻；到了黃昏，聽見狗叫的聲音有異，衝出去一看，哎呀，我的愛犬賈寶玉的口中，竟然含著一隻驚叫連連的藍鵲寶寶呢！我們迅速從寶玉口中救下寶寶，把牠送回樹上，讓焦急的媽媽把牠帶回巢裡。第二天，為了擔心「賈寶玉事件」重演，把五隻狗狗關到後院去了。賈寶玉自是一千個不情願，頻頻吠叫抗議。我們趕緊去買了紗網蓋在泳池上，以防幼鳥掉下來又被淹死，為了讓藍鵲寶寶有個安全的臨時學校，忙到中午過後總算大功告成。我倒了杯水，正想在客廳休息一下，卻見一隻寶寶天不怕地不怕的溜到院子來了！喲，牠已經知道這是牠的學校啦，左看看，右看看；往左走兩步，往右走四步；停一下，又快速的往前走，直直走到客廳門口。「香楠旅館」的親鳥們一時嘎嘎齊鳴，聲音透著緊張和嚴厲，似乎在警告、指責這隻寶寶太不知輕重了；「如果被人抓走了怎麼辦呢？」——我想起孩子們幼小時，如果做出什麼面臨危險的動作，我也是要警告、斥訓他們的。

我們的客廳門有一部分是毛玻璃，我從裡面看出去，只見一個大約十五公分高的黑影子，似乎信心滿滿目標清楚的直直走過來。牠走向這道門，是有什麼目的嗎？我一時緊張起來了，好怕開了門會嚇到牠。牠那堅決的黑影子定在那裡，讓我直覺那是一個按鈴的動作，於是輕輕的小心開了門，對牠說：「歡迎！」

那隻小寶寶剛長毛，一身灰撲撲的，翅膀已經出現寶藍色，一雙長腳顯得特別醒目。牠就在門廳直直站著，臉上沒什麼表情，一動也不動。但是我一走動，牠的頭就會跟著轉動，似乎已懂得觀察我呢。幾分鐘過去了，我和寶寶就這樣靜靜對望著。

我過去想抱抱牠，牠卻張開翅膀做出抵抗之狀，似乎是在告訴我：「不要來碰我哦，我要飛嘍。」——其實牠還飛不起來。我順手幫牠轉了個方向，牠彷彿想起該回家了，朝著原來的路徑筆直的走回去。

親鳥們看到牠要回家了，一起發出欣悅的嘎嘎聲，彷彿在拍手歡迎倦鳥歸巢。我幫牠抱上樹幹，牠一跳一跳的，輕快的跳回「香楠旅館」。

到了黃昏，又有一隻體格較小的寶寶到了地面，一跳一跳的張著翅膀，往泳池的方向走去。雖然泳池已經蓋了紗網，我還是很擔心的看著牠。只見牠突然停下腳步，似乎在想牠的下一步。很快的，牠再度張開翅膀，跳了一下，又一下，試著飛起來，看得出牠的目標是要飛上泳池邊緣大約六十公分高的台子。不過第一次沒成功，剛起飛就掉下來。過了一會兒，牠又跳，跳，飛，只差一點點就要飛上去，最後仍然掉下來！但牠不氣餒，停了一下再度跳，跳，飛；哎呀，這次終於成功了，我好興奮的為牠鼓掌叫好。飛上台子後，牠停了一下左右觀望，然後看著大樹頂端的家，再度揚起翅膀，一鼓作氣飛回去了；要回家對爸媽驕傲的報告：「我會飛啦！」看著牠那昂然而輕快的姿態，我既激動又感動，「翅膀硬了」四字，如刀割一般的在腦海旋繞不停，眼淚潸潸而下。

鳥學飛翔，人學走路，都是為了生命的自立。搖搖擺擺的學習途中，當然需要一個安全穩定的環境。我的大女兒姚姚，是在台北的國父紀念館廣場學走路的，因為那裡不能行駛汽車，比較安全。就在藍鵲家族今年二度來我家築巢生養的暑假期間，要不要讓即將升大二的姚姚有一部汽車，也讓我與仁喜面臨了女兒翅膀硬了的轉折。

姚姚在休士頓讀大學。仁喜一直不願意讓她有車子。我雖然很早就開車，也了解在那似沙漠的休士頓沒有車等於沒有腳，但是想到她有車以後，可能像翅膀硬了的藍鵲完全自由自主，一定令我們擔心，所以總不願她有車。不過，今年暑假，為了她的健康，我的態度改變了。姚姚從小有過敏體質，今年暑假又去測試過敏原，發現包括紅肉等許多東西都不能吃，決定以後只吃魚類和沙拉。而學校餐廳供應的大多是牛肉等等含過敏原的食物，如果有了車，她就可以去買她能吃的東西回來自己煮。何況，學校放假的日子，同學都走了，沒有車也等於監禁一般。經過這一番衡量，我決定為姚姚去向仁喜說情：「就把我的老爺車給她用吧。」其實，我真正想向仁喜說的，不只是過敏原與車子的問題，而是我們這個女兒，已經「翅膀硬了」！

我和姚姚花了四天三夜的時間，由舊金山開著我的老爺車到休士頓。這也是我最後檢驗她的翅膀是否真的硬了的刻意安排。我像個嚴格的駕訓考官，只要她頭沒回，習慣不好，就像鸚鵡一樣的說：「頭一定要回！」「不要快！」「小心！」

那一路上我倆天南地北的聊天，共同回憶著她的過去，也聊她的未來、課業、環保、政治、讀過的書、看過的電影劇本，以及朋友、家人、男人……我竭盡所能的想一口氣告訴她什麼是好男人，要怎麼選未來的丈夫，希望把我所知道最好的告訴她，提醒她要注意的種種。最後，她下了結論：「再怎麼樣都不可能找到像爸爸這麼好的男人。」她還很洩氣的說，她大概不會想結婚的，因為她不能忍受男人不像爸爸那麼好，或是男人比她笨；「乾脆就不要結婚了！」

糟糕，這還了得！原本我想是否趕緊轉移話題吧！但又想到婚姻關係這事情，實在是人生莫大的大課題，做母親的，當把自己媽媽教我的或是自己經驗的跟她分享，請她要小心經營才是。我告訴她：好的伴侶不是天上掉下來的，一定也是相互成長的。像她爸爸，結婚前租屋在外，幾乎不回家跟家人過節，還說了一句「有不動產會阻礙我的自由」這樣的名言。哪想到有一天自己也有了房子，還開設建築設計事務所，為許多別人的不動產服務。我們結婚前，母親來巡視他租的公寓，看到自己女兒小鳥依人無怨無悔的偎在他身邊，只好嘆口氣說：「洗衣機你總要買吧！？冰箱也換個有冰櫃的，否則半夜餓了沒東西吃呀！」

我倆結婚後，是從那樣的自由瀟灑，一點一滴的慢慢建立了「家」的概念；從只養一隻狗的無拘無束，到擁有三個孩子的熱鬧家庭，我們的「家」終於茁壯了。我也告訴她，夫妻之間是從兩個不同的環境與概念，慢慢相互影響縮小距離的。如果天上掉下一個十全十美的，那往後還有什麼戲好唱了呢！我媽當年也不可能知道，她以為會受點委屈的女兒，後來也終於擁有了冰櫃等電器用品！所以，知道怎麼找個有品德的男人最重要，其他都可以留在將來一起打拚，一起成長。因此婚前要好好選擇，磨亮自己的眼光，如果遇到品格不好的男人，不要天真的以為妳可以改變他，我看過很多例子，結果都讓女性花上大半輩子的時間消耗在沒辦法改變本質的苦痛中；如果遇到品格好的男人，則要反過來努力倒追才是。

我也跟我這位小女強人說，我見過很多女人，很能幹，什麼都會，但就是學不會溫柔！當切記老子所謂的「上善若水」，學習水無往不利的自在，能屈能伸，能適應萬物，也保有自我的特質。歷史上成功的女性，或是我自己結識的成功女性，多半都具備這樣的特質，她們看似躲在男人的後面，卻有著無比堅強的毅力，看似配角，卻是掌握大局、內外無缺的智者。她們知道男人的氣宇軒昂也不盡然是天生的，大部分還是得靠後援部隊的整齊支援，這樣使得他能夠比別人有把握，走起路來好像長了風似的神氣。這樣的伴侶讓妳服貼，這樣的伴侶其實是妳自己培養出來的。很多女人自己太強，不知道收斂自己的鋒芒厲角，跑得太快，結果男人被比了下去，最後失落的還是自己。

中國人說「嫁雞隨雞」，是在勸人結了婚要學會認命，初看這個觀念覺得很刺耳，不過事實上，有很多婚姻關係，其實也沒有壞到一定得分開的地步，卻因為雙方以「自我」為優先造成分裂，若這樣的個性存在，相信換幾個婚姻關係，也是不容易成功的。二〇〇六年，我被公司送到美國上課。那是一個為期九天的個人成長課程。我是唯一的亞洲學生。這個課程是協助大家整理自己潛在的心理問題，可能會影響表現在行為上，進而改進。需要靠著專業老師幫大家回憶曾有過的痛苦記憶，再求證是否自己行為中所有的行徑或執著都跟那些根源有關，最後整理出以後如果遇到某種情況，我該如何意識，並回到痛苦點重新出發。因為是抽絲剝繭的探討，我也才認識到西方教育過分強調「自我」的教育，可能反而導致很多人不容易滿足。同學中凡事都先從「我」的角度去思考的人，他們把「怎麼辦『我』受傷了！」想得比什麼都大時，情緒明顯是比較脆弱、不易整理的。我則想，放眼望去我所認識的人，尤其是我們的上一代中國人，哪一個沒有受過傷呢？現代孩子可能不懂那種被大時代的錯誤在已有的傷口上撒鹽的痛，那些痛，我們的祖輩們都吞忍著度過了，對比這些因為「自我」不滿而產生的痛苦，顯得格外諷刺。很多人動不動說「我」受不了，「我」需要去度假，但是度假回來沒幾天，心情又消沉下去了！若只一味的以「我」的滿足為標竿，是沒完沒了的要求，失落感也會不時地呈現的。而什麼又是理想的境界呢？可能也是沒完沒了的追逐。要學會生活不在遙遠的另一處，此時現在，這就是我們的功課。

那一次的課程，讓我體會我的同學中，很多人雖受過最高的教育，位居重要的事業角色，但生活上與心理上卻是混亂者居多。反觀我所認識的親友中，很多人經歷各種生命的挫折，起先看起來不盡如人意，但最後仍能活出一片美麗的境界，那是因為他們懂得與命運和解共生的智慧。有人認為中國人常說的「認命」過於消極，我卻覺得「認命」是一種自我了解的過程，是積極的、勇於面對現實的生活態度。自古中國教育是鍛鍊自己的心漸漸減少「我執」，凡事該為別人設身處地，盡量做到「利他」為先。一個人的「我執」越少，心就越寬，越柔軟，心理上的問題將會越少，如果受訓的同學能懂得「認命」的生活智慧，應該會活得更自在更快樂吧？西方教育在強調個人自主與創新上，當然有值得借鏡之處，如果能把「我」字減少一些，相信會更自在而完美的。

再談回女人，我跟姚姚說，中國自古以來認為相夫教子是女性的傳統美德，這個觀念在現代的現實生活中不容易執行，但我由衷的認為，這倒真的是維持一個家庭與婚姻關係的重要哲學。中國人的造字，安定的安，安全的安，是不是屋頂下有個女人？理想上也就是有個女人在家，把先生調教好，把孩子教育好，這才是安定的本源。但現今社會的結構是男人女人都在外忙，女人面臨了莫大的挑戰，耗損很多心力在角色定位不清，或是競爭的賽跑中。中國的一句老話，「行有餘力，則以學文」，我對有了孩子的女人的勸告是，先把家「安定」了，再去想其他的事業，或是發揮自己的才能。總而言之，「相夫教子」絕對該是女人的第一事業！

我萬萬沒想到，在我的女兒翅膀硬了要飛走的前夕，我急切嘮叨的，居然會是這種古老的三從四德話題！跟我母親當年告誡我的一樣，好像一點進步也沒有！當年我只覺得落伍、八股、不可思議，因為男女本來就是平等的呀！沒想到幾十年後，我會用同理的心情，想塞入女兒羽翼中的，盡是前人流傳下來的老話。也許，不管世界有了多大的變化，中國女人的傳統還是根深蒂固的在我們血液裡吧？

我們漸漸開進休士頓市區，交通開始混亂起來了。車上的「定位導航系統」不斷傳出「你已偏離路徑」的聲音，我這個「翅膀硬了」的監考官卻只平靜的看著有點緊張的姚姚。她要兼顧開車的技巧，方向的本能，兩邊車輛的威脅，道路的訊息，準時回校報到的時間壓力，在媽媽面前的尊嚴……，再加上這輛老爺車的性能，保養等問題。我告訴自己，放下！讓她去！她的人生要面對的，不就是這些類似的事情嗎？即使她的路徑曾經與「定位導航系統」偏離，繞了一點路之後不是又回到正路上了嗎？

同時，我卻也不免焦急的在內心反省與質問：孩子呀！二十年來，這家庭、學校、社會為妳建立的「人生定位導航系統」，足夠妳應付一個比我們這一代還複雜的時代嗎？

平安抵達休士頓後，我坐飛機回舊金山，在飛機上感慨得哭到不成人形。隔壁的旅客與空中小姐以為我發生了什麼事情，都來安慰我，聽我解釋哭的原因後，他們反都嘲笑我：「女兒離家上大學已經第二年了，妳這個做媽的怎麼還不能適應呢？」

唉！他們哪知道，我想起藍鵲寶寶「翅膀硬了」，想起牠們離去的畫面曾經如刀割一般劃過我的腦海！姚姚成長的幻燈片，也一張張依序在腦海放映著，每一張停格的畫面底端，都有那藍鵲優美自在展翅高飛的剪影。他們哪能體會，從我眼裡不斷溢出的淚水，難以抑制的，一滴滴交融的，都是做母親的喜悅、焦慮，以及無限的思念啊！

天上的婆婆

——談教育

情

因為母親在他們的生命中一直是穩固的支柱，

讓他們沒有心理負擔，做任何事不必瞻前顧後。

天上的婆婆

仁喜二十六歲時，母親不幸因腎臟病去世，得年五十五歲。那是一九七七年，仁喜正等著柏克萊加大建築研究所的通知。但是核准入學通知書寄到時，母親已看不到了。在那個年代，申請柏克萊碩士班不容易，能被核准入學也是一種榮耀。仁喜的母親一向最重視孩子的教育，沒來得及與仁喜分享那份榮耀，對母子兩人來說都是很深的遺憾。

我與仁喜認識後，就常聽他談起已經往生的母親。一九八五年與他結婚後，我都稱他母親是「天上的婆婆」，也常聽大伯仁祿、小叔仁恭、小姑明芬談起她生前的種種。在他們的記憶拼圖中，母親不但擁有很多中國女性堅忍的個性與美德，在教育孩子方面尤其有獨特的方法。對這位無緣謀面的「天上的婆婆」，我的內心一直充滿了好奇和敬愛。

仁喜的父母親，是在一家公立銀行工作時認識而結婚的。仁祿出生後，母親就辭了工作，專心在家養育孩子，後來又陸續生了兩個兒子一個女兒。四個兒女有兩個讀私立中學、兩個私立大學，畢業後還出國留學，成就他們的高等教育與一技之長。當時的公務員薪水微薄，只靠父親一份收入，這位家庭主婦如何安排財務的支出與平衡？

二十多年來與仁喜兄妹相處，我並沒感受到他們來自一個需要斤斤「計算」的家庭，或是暑假要他們去打工幫忙賺學費。只知道父母親對自己克勤克儉，再辛苦也不讓孩子感受到金錢上的壓力。仁恭記得初中時，有一次聽母親對父親說，要讓明芬去學游泳，父親覺得太貴了，起先不同意，母親就一直強調明芬的同學都已經去學，她再不去學就會跟不上人家……結果卻是明芬與仁恭一起都去學游泳了，對小家庭當然又是一筆額外的開銷。

就因他們不願讓孩子在成長的過程中因為金錢的困擾蒙上心理陰霾，也讓他們培養了相當程度的自信心。現在三個兒子都自己創業，我跟著仁喜工作二十多年，對於他有那麼強大的自信仍然常感驚奇。他的兄弟也一樣，做任何事都是勇往前行、沒有後顧之憂的思維模式。我想，這種渾厚的自信心，主要來源就是家庭；因為母親在他們的生命中一直是穩固的支柱，讓他們沒有心理負擔，做任何事不必瞻前顧後。有些有錢人家的孩子，還可能畏畏縮縮的，更何況是經濟上要能擺得平的公務員家庭，光是這一點就讓我對「天上的婆婆」由衷的感佩。

仁喜與仁祿只差兩歲，哥哥先念東海大學建築系，仁喜則以可以進台大電機系的狀元成績，卻堅持要跟隨哥哥的腳步，也要去東海大學建築系。仁喜的父母並不以「常春藤名校」的普世價值標準來限定他們的前途，反而尊重孩子的決定，選擇他們喜歡的領域，這樣的開明與尊重是多麼難得呀！到東海後，母親知道他們的功課忙，常常一早從台北乘車到台中，幫他們把衣服洗一洗，洗好再乘車回台北，有時一面也沒見到。她對孩子的愛，一直是這樣默默的給予。

仁喜還保留了一些他寫給母親的信，其中一封是要母親幫他做衣服，不但畫了衣服和揹在一起的嬉皮袋樣式，並且註明顏色如何搭配，要母親過幾天做好就送去給他。他還畫出眼鏡的樣子，要媽媽找給他。其他更多生活上的要求更不在話下了。

仁喜也記得一件小學時買衣服的事。他說，有一年快過年了，母親帶他上街買新衣，要他自己挑選一件，他看中的是櫥窗中一件女人穿的黃色衣服，而且很貴。母親就說，我們再比較看看，於是帶著他在大街上逛了又逛，走了好久希望他能改變主意，選一件便宜些而且適合男生穿的。無奈幾個小時下來，他還是只中意那件黃色衣服。母親看他那麼堅持，最後也就忍痛買下那件又貴又有女人胸線的新衣。這種尊重孩子選擇一般認為不合適的衣服的小事件，充分顯示母親的智慧與寬大的包容心。

對於其他三個孩子，她也都在他們需要的當下，適時的出現在他們面前。我自己做了母親後，才知道那種穩定感的給予，是需要付出多少的承諾與心力。

仁祿說，他上高中時，每天都弄到很晚回家，母親只是坐在沙發上等著，見他進門也只告訴他冰箱裡有什麼吃的，從不追問他去哪裡。她知道那個年紀的孩子充滿好奇心，外面的世界會吸引他們去做一些沒做過的事；而她只是把擔心留在心裡，察言觀色並默默的祈禱，孩子若有事，自然會告訴她的。這種完全的信任，讓孩子們日後更知道負責，即使偶爾做錯了事也沒有畏懼，不需編造理由甚至謊言去解釋，因而養成孩子凡事誠實的個性。我自己來自家教嚴謹的家庭，對錯分明，規矩很多，為了怕被責備，做錯事總會找理由解釋；嫁到姚家後，覺得他們的生活比我自在多了。

仁喜回憶說，他母親的思想看起來很傳統，其實也很現代。譬如他們十多歲時，有時候吃飯前母親會拿出刀叉排在桌上，宣布說：「今天吃西餐。」藉那個機會教孩子們怎樣使用刀叉，學習吃西餐的禮儀。她也隨時注意如何分配孩子做家事，譬如仁喜很會生火，她就把這種粗重的事留給他做，對於唯一的女兒，則分配她做其他細微瑣碎的家事。

仁喜從小有氣喘病，當然需要母親更細心的照顧。我問大伯、小叔與小姑，是否覺得母親對仁喜比較偏心？除了小姑對母親只叫她做家事稍有微詞外，他們並不覺得母親對他們有所怠慢。

他們上中學後，母親又開始出去上班，在專利事務所做日文翻譯工作。小姑說，母親會在百忙中跟只有上半天課的女兒在她就讀的北一女附近單獨約會，中午一起吃蛋包飯，有時也邀父親同來參加。對孩子而言，那一定會是很特別的時光。要在孩子心中，感覺得到同樣的寵愛，對父母而言，是很重要的課題。而我「天上的婆婆」會找出時間來分別給予，確實是用心良苦。

我公公曾跟我說，仁喜的母親做了百分之九十的母親，只做了百分之十的太太，言下之意是要我把心思多放到仁喜身上。這果真是為人妻與為人母的兩難也是需要雙方都顧及才行的。

我們任家則是全然以父親為主，也因此，我從小到大就對父權或衍生出來的威權感到那麼畏懼。而仁喜家的孩子，因為沒有威權的威脅，生活得很自在，一切理所當然也理直氣壯，難怪三兄弟長大後都只能自己創業，他們是不可能臣服於單調呆板的工作體系的。

在那個年代，能把生活的重心放在兒女身上的家庭並不多見。仁喜最早的兒時記憶是一個大約五吋的奶油蛋糕，上面插了蠟燭。在一個小小的房間中，黃色的燭光搖曳，爸爸、媽媽和哥哥圍繞著他。世界就那麼大，而他在那世界的中心，所有最親愛的人圍繞著他，小小的燭光點亮了整個世界。那個剎那，他只覺得安詳、溫馨，而且完整。仁喜並不是每一年都慶祝生日，那張現在看來沒什麼大不了的相片因而更顯得珍貴。回溯到他幼年那個年代，那對辛苦忙碌的父母希望給予孩子整個世界的祝福，每次想起來都覺得好感動。而那搖曳的黃色燭光，像在仁喜的身上包裹了一層愛的糖衣，使他的心靈能夠刀槍不入。他學習佛法之後，常以這個氛圍做為一個傳統修慈心的方法，在心中喚起曾經受過感動的愛，再讓它流向所有的人。

仁喜因為從小就有氣喘病，無法到學校上學，整個小學教育都是母親以HOME SCHOOLING的方式在家教的，他只在考試時才到學校，而每次的考試成績都是全班第一名。他說，那時沒什麼圖書館可借書，家裡的書也不多，當時書很貴，好不容易母親買一本新書回來，他總是不消幾個小時就讀完，後來母親就想出一個教他讀字典的方法；通過這種「慢讀」，他的文字進度比誰都快。

一個該去學校上學的孩子，卻不能去學校和同學一起玩樂，想起來就覺得好孤單。但是仁喜說，和母親一起在家度過的那段小學時光，他從來不覺得孤單。因為母親除了教他學習課本上的知識，也陪著他玩樂消遣。譬如那時有人騎著腳踏車載著箱子四處走，箱子裡有各種雜誌出租，母親租了日文雜誌來看，雜誌後面附有做摺紙等簡單手工藝的方法，母親就會陪他一起照著做。有時還在紙上畫格子，讓他學著畫漫畫。有時是把她小時候看過的故事書，一次次的說給他聽；難怪仁喜這麼會說故事！

仁喜寫得一手好字，也是得自母親的遺傳和指導。仁祿形容母親的字像她的人，乾淨爽直而透明；她晚年學習于右任的草書，有格局也重細節，相當大氣。她還寫了很多詩，記錄生活裡的所思所感。

每次聽仁喜說起母親種種，我都好像看到為了孩子而三遷的孟母，一心一意的為孩子付出自己。但我又想，孟母幽默嗎？因為仁喜的母親不但為孩子全心付出，還把四個孩子都教導得幽默詼諧。當然這幽默最大的原因來自沒有威權。於是我再推算回去，家裡有個氣喘兒的母親，日子雖然艱苦，但她能夠甘之如飴，才能使家庭永遠充滿歡欣的氣氛。

仁喜氣喘發作時，必須靠氧氣筒呼吸，母親總是徹夜目不轉睛的照顧他。有一次他發作得特別嚴重，一整夜無法躺下，母親整夜未眠，一早就帶他去開封街的「吳物典小兒科診所」，讓醫生在那已經發黑的手背血管上打了一大針。為了慰勞仁喜的病苦，打完針之後母親就帶他去診所對面二樓的餐飲店，請他吃了一個在那個年代算是珍貴的甜點。

仁喜清晰的記得，跟母親坐在那個靠窗的小小角落，看著窗外的陽光，街上的行人，一小口一小口的吃著甜點，心裡好放鬆而且好溫暖。母親沒有吃，一夜沒睡的臉上雖是疲累，卻是滿臉微笑的看著他。那種幸福的安全感，至今環繞著仁喜。

仁祿說，母親總是擔心孩子，但卻從來不對孩子說，好似要有很多的擔心才能求得個安心。我與仁喜有了三個孩子以後，體會了那種悲與喜的內心糾結，也更能了解他母親那個疲累的微笑，飽含的不只是欣慰，還有深深的不捨。

我把這些年從仁喜與其他手足身上所看到的特質，反推到拼圖的板塊上重新組合，看到我的天上的婆婆的臉龐，如同她寫的書法一樣的大氣，有格局也重細節。

謹以小姑明芬在教會唱詩班所唱的一首由詹宏達先生所寫的歌，來讚美我從未謀面，卻感激至深的——天上的婆婆：

母親為什麼常流淚，當夜幕正低垂？
因為她從苦難中走過，回憶湧上心頭。
母親為什麼常流淚，當孩子已熟睡？

因為她憂慮愛子前程，祈禱化作淚水。
母親為什麼常流淚，當天色將黎明？
因為她背負一家重擔，勞苦不離肩頭。
母親為什麼常流淚，當夕陽照廳堂？
因為她思念太深太多，兒女遠離身旁。
母親眼淚偷偷隱藏，面容永遠慈祥，雖然歷經萬般苦難，心碎依然堅強。
母親眼淚如此熟悉，好似人間真理，因為天父真愛在她心中，以此為愛受苦。

Le Thoronet Abbey
1997.9.3

讀我母親

母親自己從戲劇及師長那裡學到的紀律、規範、榜樣，以現代人的眼光去看是那樣的嚴謹，但她從不說一聲苦，自自然然的化為血肉和生命，至今謹守不違。

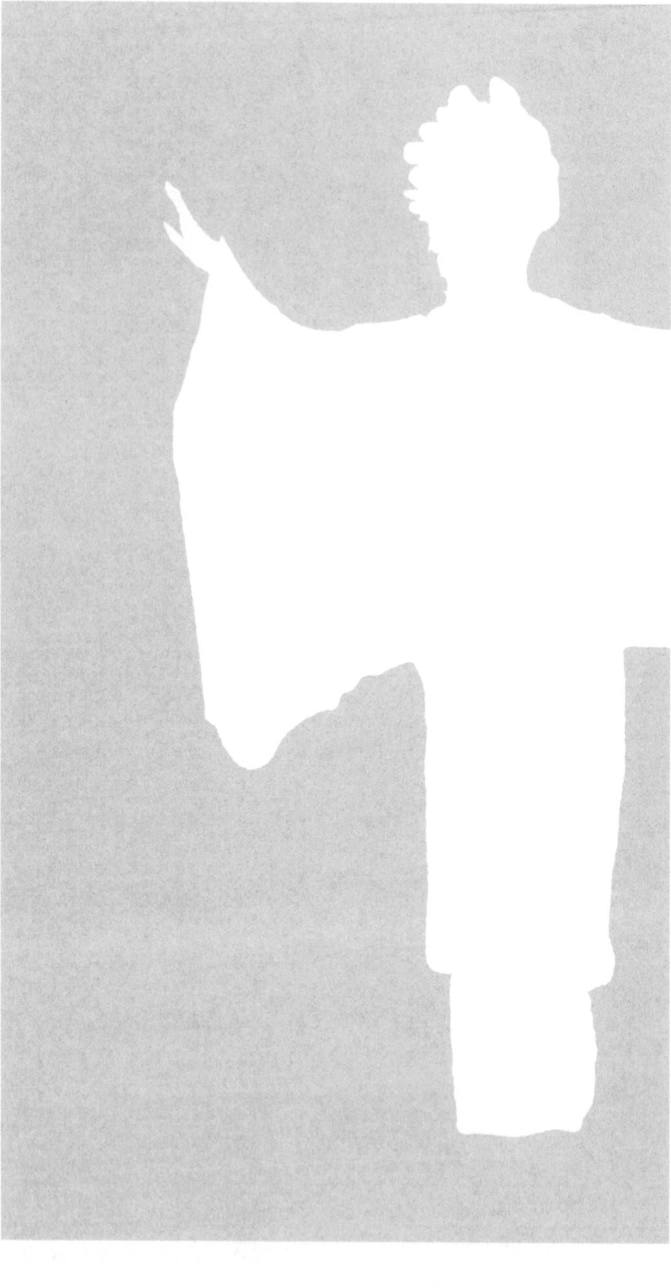

我的母親顧正秋，十歲時以第一名的成績考進了上海戲劇學校，開啟了她的戲劇生涯。母親在學期間，學校認真的栽培她，安排她向當時京劇旦行最高成就的四大名旦與諸位大家習藝，最終造就了她寬廣的戲路，不拘泥派別的藝術承傳。畢業後於一九四六年組織了「顧劇團」，走南往北的在大陸各地演出，聲譽日上，邀約不斷，深受好評。一九四八年底，「顧劇團」應邀到隔著海峽的台灣演出，母親帶了一百多名團員抵達台北，原本預定演出一個月，但因為盛況空前，主辦單位請求延期，幾度延展，卻因為台海政局變遷，讓年輕的她無法再回家鄉。當時年僅二十一歲的她，一肩挑起百人劇團的生計，繼續在台灣演出，一演五年，座無虛席，盛況空前。也因緣際會的奠定了京劇藝術，在台灣開枝散葉的成果。

母親與父親結婚後，家庭遭受波折，慘遭莫須有家難，父親繫獄近三載，期間驚心動魄，母親於數年艱危中，志不改，情不移。家父出獄後，兩人遠居金山，胼手胝足，共同創建金山農場。母親與父親的愛情故事，在現代人看來，已經有點像神話一般。他們的結合，曾經歷許多波折，父親對母親一直疼愛有加，呵護備至；母親對父親也一往情深，總是體貼溫柔。有一次父親還對我說，他費盡千辛萬苦炸山拓路，開闢金山農場，就是下定了把母親「帶到天涯海角」的決心。

我們在金山農場的家，是沒有鄰居的，半山腰孤伶伶的四、五間磚砌的房子，屋頂蓋的是茅草，光線也不好。那時候的日子，農場沒有電，晚上點的是馬燈，吃用的水是用明礬沉澱過的溪水。颱風來的時候，母親總和父親守在窗口，擔心屋頂被風颳下來，或田裡的作物是不是被雨打壞了。天氣好的時候，母親忙裡忙外，也不時拉著我的手到田裡探望女工工作，和她們聊聊天。父母台北的朋友，也常常到農場來，老朋友聚在一起有說有笑，好令人羨慕。那時候的母親，打扮得很樸素，在我看起來也有點滑稽：冬天的時候，總是上身穿著厚厚的旗袍，下身套條長褲，腳上則穿著球鞋，沒有脂粉的臉上，總浮著明亮動人的微笑，小小的我有時痴呆的看著她的臉，覺得她好美。那段日子，物質生活雖然貧乏，現在回想起來，卻也是母親精神生活最安寧、富足的一段歲月。父親有一部下雨會漏水的老吉普車，有時黃昏後也會帶著母親和我們三個孩子到台北看朋友，買些日常用品。山上的霧很大，一過傍晚就一片霧茫茫，幾乎伸手不見五指。我印象最深刻的畫面是父親開著車子，母親不停用抹布幫著擦拭車窗的霧氣，也不時把頭伸出窗外看路，我們一家人就這樣一晃一晃回到半山腰的家。

不記得幾歲，只記得我很小很小的一晚，我們那老爺車晃過了馬槽再過去的路段，車子拋錨了。我被爸爸一個把車門關上的聲音吵醒，爸爸必須走一個半小時的路回山上求救援，母親與我們待在車子裡面等。天好黑好黑，空氣好像凝結住一般。爸爸離開車子一陣子後，只聽見遠處傳來野狗狂吠，叫聲淒厲。我也不記得自己有沒有害怕，因為躺在母親身邊，她用一個小小的手電筒照著她的腳趾頭，正演戲安撫我們呢！「噓，不要吵喲，你們看，」她說，「老大磕頭磕頭，老二點頭點頭；老大磕頭磕頭，老二點頭點頭……」我好像又睡著了。幾十年後，我自己住在山裡，聽到野狗狂吠，想著那天涯海角的深邃夜晚，鎮靜的母親、勇敢的父親吞忍著的生存。這無盡無期無聲的黑暗，對照的是舞台上的燈光閃耀鑼鼓喧譁。那一呼百應、拯救國家經濟存亡關鍵的掌舵者，對照的是狂奔逃避野狗群追逐的倉惶！

對於母親藝術生命裡的種種，我是稍解世事才從別人的讚美以及文字、照片的報導了解的。小學的時候，有個戴眼鏡的同學對我說：「我好羨慕妳有這樣的母親！」那時候的我，是一點也不懂那句話的真義的。我只是說：「有什麼好羨慕呢？別人的母親會做飯、打毛衣，還會給孩子送飯盒到學校，我的母親可都不會啊！」我只覺得母親管教我非常嚴格，例如教我們做人不可有「懶相」，行、坐、站都要有個樣子，穿鞋走路每一步都要提起腳跟，不可拖著走。光是為了走路不可出聲，粗心的我不知被罰跪過多少回才改了過來。在日常生活中，只要她對我使個眼色，我就知道一定有什麼地方又做錯了。

我還記得上初中的時候，正是所謂的叛逆期，心眼特別敏感。有一次在學校裡頂撞了英文老師，鬧到要被記小過。回家之後，我自覺委屈，在房間裡哭個不停。母親走進來，默默聽我數落老師的不是，陪著我掉眼淚，讓我覺得終於有一個忠實的「戰友」。她的陪伴和安慰，使我漸漸忘掉了學校的不愉快，安靜的睡著了。過了一個星期，當我幾乎已忘了那件事時，母親卻關起門來，平靜的叫我把事情發生的經過仔細重複一次。母親的平靜一向有一種威嚴，我結結巴巴的說著，越說越覺得自己的不對，慚愧的低下頭，幾乎說不出話來。到了那時，母親才嚴厲的數說我的不是，說得我許久不敢抬頭看她一眼。她的這番教誨，使我不安了好多天，終於主動寫了一份悔過書，親自去向老師道歉。

母親自己從戲劇及師長那裡學到的紀律、規範、榜樣，以現代人的眼光去看是那樣的嚴謹，但她從不說一聲苦，自自然然的化為血肉和生命，至今謹守不違。我雖然沒有學習戲劇，母親在生活中仍以舞台藝術不得有一點錯誤的那種方式管教我，我所承受的家教確實比一般孩子嚴格得多。

記得將近二十歲那年，有個長輩過大壽，家人替他辦了個隆重的慶生會，我也被點名上台，表演我學過的〈鳳陽花鼓〉，又要唱又要跳。我穿上領口繡花的藍色鳳仙裝，舞鞋上繫個小球，跳起來會在半空中閃呀閃的，好不熱鬧，台下的長輩們都帶著微笑看著我表演，我也忘掉緊張盡情的唱跳著。後來有個優美的過門動作，左手的鼓棒梅花轉的平放著，右手的鼓棒在空中轉一圈到頭頂的上方，頭則由上方隨著旋律的節奏轉向觀眾，眼睛要嫵媚有神的落到觀眾席的一個定點；好巧不巧，我的眼神那一刻剛好落到我母親的臉上，我看到幾百個人帶著微笑，卻只有她臉上全無笑容，用嚴厲的眼神看著我，我臉上的笑容馬上僵住了，心想是哪裡出錯了嗎？身上也不免嚇出汗來了。等我卸了妝來到她旁邊用餐，所有人都讚美我表演得好，我也規矩的站著向他們一一舉杯敬謝。我知道母親從不輕易誇獎我，坐下來後就找個空檔側過頭問她：「媽，還好嗎？」她沒有用正眼看我，只輕聲說了一句：「調門太低了！」

事後回想，對於藝術工作者而言，不能犯錯是最基本的法則，他們一直是用挑剔的眼神在看待自己的「作品」；對母親而言，我也是她的「作品」啊！這也解釋了她個人別緻的「顧式謝幕」：每一場成功演出，觀眾的情緒總是異常的讚嘆，踴躍的鼓掌請她出來謝幕，而她總是緩緩的往舞台中間一站，謙虛的向台口中間一鞠躬，左邊一鞠躬，右邊一鞠躬，表達了她對觀眾的感謝後，即迅速的離開舞台，她似乎從不留戀觀眾給予的熱情讚美。對她而言，表演工作者展現完美的演出是應該的。後台管理的人都知道她的規矩，下了舞台，迅速卸妝，一律謝絕戲迷請求的拍照與寒暄活動。她反倒是著急的反覆聽著她剛才舞台上的錄音，像在找什麼一樣。後來我才明白，她在找的是「錯誤」，是剛才舞台上的作品，什麼地方出現了不如預期的演出，若有，這位「顧老闆」會板下臉，跟團員們詳細的解說。她就是一位如此嚴謹負責的表演工作者。所以那一場〈鳳陽花鼓〉的糾錯眼神，我一輩子也不會忘！

蔣勳老師曾在〈顧正秋傳奇〉一文中說：「一九七〇年代，顧正秋的名字已成為台北傳奇的一部分。……顧正秋的藝術和人生都變成了傳奇……顧正秋的美學成為傳奇，是她創造了聲音的獨特品質……顧正秋在舞台上回憶著，好像諸多繁華都在眼前一一閃過，多麼自負，又多麼蒼涼……」林懷民老師則在很多年前就告訴我：「任祥呀！妳生來的責任就是把媽媽照顧好！」他們了解母親是背負著太多繁華與蒼涼的傳奇人物。我也謹記著他們話裡的深厚情意，要細心的呵護這位我在這世界上最崇拜的偶像。

母親有一齣著名的戲《鎖麟囊》，劇情敘述一位富家少婦因天災逃難，淪落為替人帶孩子的保母，其中有一段二簧慢板唱腔的唱詞非常感人：

一霎時把七情俱已昧盡，參透了酸心處淚濕衣襟。我只道，鐵富貴一生鑄定，又誰知人生數頃刻分明。想當年，我也曾撒嬌使性，到今朝哪怕我不信前塵，這也是老天爺一番教訓，他教我收餘恨，免嬌嗔，且自新，改性情，休戀逝水，苦海回身，早悟蘭因……

聽到這一段，我總會想起母親的大半生，在現實生活裡也經歷過種種辛酸，看到她的回憶錄叫《休戀逝水》，就明白她想讓過去的一切都過去。書出版之後這些年，她的生活確實過得很平靜，似乎真的不再與過去有任何瓜葛留戀，好友的相繼離世，促使她生活的態度趨向消極。兩年多前，她因為心肌內膜炎住院六週治療，消炎止痛藥量與副作用大到讓她有點失去清醒的意志，讓我非常的緊張，仁喜與我不停的替她祈禱。雖然感覺她失去了意志，但奇怪的是，京劇的劇情與如何評點，她還是倒背如流。猶記得出院回到家那天，她硬是跟我說隔壁搬來一個新鄰居，會票戲，她還一一述說他們唱了什麼戲，哪裡好，哪裡不好。她還反問我：「妳聽到了嗎？怎麼從早唱到晚呀？」直到有一天侄兒與表姊跟我說，不可思議的是，他們聽到母親用一種聽不懂的語言，一口氣唸了二十幾分鐘，好像是誦經，等母親唸完後，表姊問說：「好阿姨，妳在唸什麼呀？我們聽不懂？」母親轉過頭對表姊說：「我在說的意思是安心！安心！」這以後，母親就慢慢的恢復了正常。

母親病好了以後，我的上師宗薩欽哲仁波切來台灣時，母親去見他，她只問說：「仁波切，你可不可讓我死？」仁波切慈悲的給予她開釋與加持，告訴她，業力決定自己的生命，不是上師可以幫忙的。之後，母親漸漸脫離消極的生命態度，開始每天抄寫心經，抄了一陣子，她把「弟子 顧正秋」，改成仁喜與我的名字，她說：「你倆太忙了，沒時間積功德，我來幫你們抄，祈求你倆平安！」看見母親不只是延長了壽命，更具足慧命，讓仁喜與我歡喜不已。每天奉茶後，母親就對著佛菩薩說：「我不想活得久，隨時可以走！請不要讓我有痛楚，不要連累孩子，好生好走。」八月二十日她還開開心心的，八月二十一日下午，上蒼真的讓她平靜沒有痛楚，離開了她這戲劇性的一生。懂戲的人，會審視一位好演員下台時，具足分量而又優雅的身段。母親在舞台上退場的背影，總有著蓮步輕移、裙襬生姿、莊重帶戲的美譽；她延續著這樣的特質，走進了自己人生舞台的盡頭。

母親過世前五天，我去看她，她又跟我重複：感恩能有這麼好的一生，她的運氣總是好，遇到的老師好，戲迷好，遇到的朋友個個都對她好……平日她從不輕易誇獎我的，那天也把我加上，笑嘻嘻的說：「上天給我個好女兒！」當天我們母女相互鼓勵，什麼都不重要，努力修行最重要。我們母女，相互珍愛，我以她為榮，她也以仁喜與我為傲。在醫院時，母親跟我說的最後一句話是：「妹妹，妳怎麼咳嗽了？快回家休息去！」這句話將永遠如一塊石頭般的噎在我喉頭，讓我的每一口吞嚥，都能感觸到她對我的不捨。

「真實的人生比小說更為曲折。」對於母親的一生，我深深的覺得這句話尤具沉重的意義。童年的時候，我只覺得母親很美，聲音更美。長大以後，我才逐漸了解「顧正秋」的藝術之美和情操之美。在美的背後，影影綽綽都是滄桑。母親生命的每一頁，總有那許多迂迴曲折、傳奇多彩的故事。那些故事，豐富了她的人生，也成就了她的藝術。

國學大師南懷瑾在家母的回憶錄序文中寫道：「在歷史潮流大時代中，常出現特殊的人物。他們個人的事跡行履，與社會牢不可分，相互影響。時代的磨難，突顯了這些人的高尚情操，在混濁的社會洪流中，他們靈光獨耀，這正是中華傳統文化燦爛的一面。本書主人翁顧正秋女士，就是大時代中這類靈光獨耀人物的代表。……人生即戲劇，戲劇即人生，佛說：『應以何身得度者，即現何身而為說法。』顧女士迨亦佛乘中人也。讀其書者，當有知音。」

讀我父親

「要記住呀，天下無難事，用我的部首查詢，這字典裡沒有『難』這個字喲！」

我的父親任顯群（一九一二年十月廿一日至一九七五年八月廿八日），與我相差四十七歲。我是他最小的孩子；他服務公職活躍官場的年代，我尚未出生。

我幼年開始有記憶時，父親已卸職多年，在台北縣金山鄉一望無際的荒野開墾農場，經常看到他穿著長筒膠鞋在田裡忙進忙出。

長大之後，常聽人說父親從政的點點滴滴，我的腦海就浮起他穿著膠鞋，在農場裡或昂首疾走或徐行沉思的影子。

——那二者之間的形象，是多麼不同啊！

父親出生於江蘇省宜興市的「任家花園」，從小過著園林廣闊的富裕生活。他在蘇州讀完東吳大學法律系，之後遠赴日本東京的中央大學政治研究所深造。一九三七年七月盧溝橋事變，中國對日抗戰全面爆發，他立即離開日本，返國進入鐵道部任專員，並於同年十月隨軍事家蔣百里前往歐洲考察。為了增廣學識，他還進入羅馬皇家大學專研行政管理。一九三八年三月返國後，陸續在交通部、糧食部等單位任職，負責抗戰時期，艱難無比的大西南各省，以及遠征軍、物資運輸與糧食調度，包括最艱難的「蜀道」與湖南間的川湘聯運事務。這一條運輸道路是當時對前線、對後方與對外最重要的命脈。此路段天然的困難的地形，加上當時失守的要道，變成隨時要提出面臨應變的措施。水路急需整治，運輸得過險灘、面臨天候與洪水的肆虐；陸運道路要面對被破壞的地形道路，缺少運輸車輛零件的窘境，還需要面對不時埋伏的搶匪。遇到搶匪，父親會單刀赴會帶著厚禮去拜碼頭，與搶匪交易，取得搶匪批准的旗令，放在貨車旗杆上，方可安然通過。父親以剛上任兩個月內，就處理掉兩百廿一噸的堆積貨品，令人耳目一新，之後還開展國際間的運輸業務。戰時的運輸，千頭萬緒，父親經常睡在辦公室，解決無數的緊急軍運，父親過人的膽識與才幹，在這最初的公職期間，受到多位上級的賞識。

一九四五年抗戰勝利後，父親辭去公職，想要好好發展自己的事業，遂與川湘公路局的幾個老同事在上海創立旅運社。

如果他繼續經營運輸業，也許能賺大錢，不會捲入後來的政治紛爭並被構陷入獄。……然而命運複雜多變，「如果」是看不見的。

一九四六年四月，台灣省行政長官陳儀（一八八三年至一九五〇年），親自從台北到上海，請父親出任台灣省交通處長。陳儀彼時已六十四歲，態度懇切的不辭遠路登門，他無法婉拒這位比他年長三十歲的長者，只好應允於五月一日抵台任職。

父親任交通處長的時間不足一年，但他三管齊下，兼顧路、海、空而行。其一創設台灣省公路局，改善島內交通。其二創設台灣航運公司，打撈二戰期間的日本沉船，清除一萬八千餘噸廢物，讓基隆港恢復航運。其三是把台北東區的松山軍用機場劃分一半為民營，計畫發展台灣對外的航空運輸。

然而，十個多月後爆發二二八事件，陳儀於一九四七年四月被撤離台，長官公署一級主管隨之離職；父親也回到上海。不久，被上海市長吳國楨聘為「上海市民食調配委員會」主委，解決當時因配糧不公引起的工潮、學潮等問題。

一九四八年六月，陳儀出任浙江省主席，父親又被老長官找去，在杭州市長任內大力整頓稅收。然而市長任期也不長；一九四九年二月，陳儀疑涉通匪案被撤職，父親又隨之離職。

半年之後，一九四八年八月，美國總統杜魯門發表《中美關係白皮書》，國府於十二月七日遷至台灣；十二月十五日，吳國楨出任台灣省主席，父親又被找去，出任財政廳長兼台灣銀行董事長。

……此後二十餘年，父親定居台灣，遇到我母親顧正秋（一九二九年十月五日至二〇一六年八月廿一日），走過更為悲歡起伏的生命之路。

父親隨吳國楨主席在台灣省政府服務三年四個月。那是他公職生涯的高峰期，卻也相對面臨了最大的挑戰。但他以過人的魄力，應付國府飄搖時期的種種財政難題；並且未雨綢繆的，在國立台灣大學法學院創設「財經人員訓練班」，前後培訓了兩千多名人員，成為後來台灣財經界的重要幹部。

一九四八年底父親出任新職時，軍中永遠要錢，內政更是要錢；缺糧之艙，卻都需克服層層疊疊的障礙，確是「巧婦難為」。

曾任台灣省政府財政廳第一科科長的鮑亦榮先生（一九二一年至一九九九年），一九九一年十月在《稅務旬刊》四十周年發表〈慶四十．懷故人——任顯群先生功在國家〉長文，敘述對當時情況之個人觀察：

……那時台灣恍如末日來臨，處在驚風駭浪之中。在整個政府環節上，財政為國家命脈，尤其在大陸惡性通貨膨脹之餘，痛定思痛，幾乎認定「沒有好財政，便沒有好政府」。而當時政府財政必須遏止赤字，力求平衡，平衡之道，又必須整頓稅收，改革稅制。任廳長掌握財政重任，最盡力者乃是外匯的調度，出口完全依賴糧食、台糖與香蕉，李連春、楊繼曾負責增產，尹仲容負責銷售，居其間者任廳長兼台銀控制輸入審核，每日忙碌萬分。總統府設財經會報，每週由總統親自召集……舟山撤退，軍用蚊帳，各軍事單位、首長特支費，層出不窮的需求，任廳長每次遵令籌措，決不折扣。……

更難的是，那時發行半年多的新台幣，還在舊台幣四萬元兌換新台幣一元的期限內，導致台幣兌美元匯率一度暴跌，美元在市面上奇缺……。父親驚魂難定，去找「六哥」楊管北(一八九六年至一九七七年)協助。

父親在上海時，曾與蔣伯誠、洪蘭友、吳開先、張劍鳴、江一山、楊管北、劉丕基、嚴欣淇等八人結拜兄弟，他最小，稱「老九」；楊管北第六，父親叫他「六哥」。

這九個兄弟，一九四九年後有多人因兩岸分治而滯留大陸或香港。楊管北與洪蘭友、吳開先等人來台後，父親與「六哥」走得較近，有什麼事常找他商量。楊管北當時擔任立法委員，也繼續經營輪船公司，我父親為了美元問題去找「六哥」，對他這麼哀嘆：

「台灣現在這個局面，怎麼維持啊？美鈔不斷飛漲，我沒有來源，抵不住啊！抵不住，責任就在我身上……」

當時台灣與香港、新加坡等地都還沒有航空，只有船隻來往。「六哥」於是讓自己公司的貨輪從香港運美鈔回台；買美鈔的錢由他公司支付，政府將來再還他。有了美鈔，父親找來「財經人員訓練班」的學生面授機宜，要他們上街去賣美鈔，並且爭先壓低售價……。如此這般，人民恢復信心，之後，美元在市面流通的情況就逐漸改善了。

除了「美元驚魂」，父親還有一次「黃金驚魂」。當時親見兩次驚魂的，是一九四九年春即到台灣講學的「國學大師」南懷瑾（一九一八年至二〇一二年）。那時他在楊管北家中定期講授佛學，聽課的包括何應欽、顧祝同、蔣鼎文等重要的文官武將；在楊家親見我父親兩次去找楊管北，都是為了財經問題……

二〇〇七年十二月十五日，南懷瑾在蘇州「太湖大學堂」對中國銀行業監督管理委員會的兩百多名全國代表演講「漫談中國文化與金融問題」，即曾憶述父親當年化解貨幣危機的故事。

南老師說，他第二次見我父親去找楊管北，說的是他跟蔣介石的一場「黃金驚魂」。

國府撤退來台時，曾帶來大批黃金，是準備有朝一日「反攻大陸」之用，平時不准動用。以下是南老師所述的部分講詞：

……有一次，任顯群先生又跑來了……任顯群說，老先生突然叫我去，一看到我，他臉色發青說：「顯群，你該死！」我就說：「請問總統什麼事啊？」蔣先生說：「人家報告我，運過來台灣的黃金，你通通給我用了一半，怪不得你做得那麼好！」我就說：「報告總統，黃金絲毫沒有動，放在台灣銀行倉庫，我不但沒有少一分一毫，我還給你增加了多少。現在我不走，你立刻派人去查。」這下子，老頭子愣了一下：「啊！真的啊？」我說：「這個怎麼行呢？總統一聲令下，一顆子彈我就沒命了，這不是開玩笑，我不走了，你們立刻派人去查。結果老頭子電話打過去，真的是這樣。這是財金金融的故事，也是經驗。……

南老師在演講中也提到父親創辦愛國獎券與統一發票等措施的功效，最後說道：

……用這樣幾個辦法湊攏來救急，把通貨膨脹壓下去，過了財經金融這一關。……為什麼台灣後來變成「亞洲四小龍」之一，經濟這樣發展？我剛才報告的是初期的台灣。我說台灣能夠穩定財政金融的是任顯群，跟著下來的是尹仲容，後來是李國鼎，至於其他的再說了。我說他們都很有功勞，了不起！……

父親致力防止通貨膨脹，嚴格執行緝私計畫，確立預算制度，訂定各項稅捐統一稽徵條例，在一九五〇年四月發行愛國獎券，一九五一年元月實行統一發票制度。但蔣介石在一九五〇年五月二十七日的日記中，對愛國獎券的發行似乎頗為疑慮：

……台省在一個月半間要發行獎券八千萬台幣聞之驚悖惟賴天佑得以順利進行渡此經濟重大難關也。……

後來的事實證明，愛國獎券幫助許多中下階層民眾解決了生活問題，統一發票則讓稅務制度走上軌道；且二者都增加國庫稅收，改善國府經濟窘境。

愛國獎券發行了三十七年半，於一九八七年十二月底走完階段性任務後停止發行；統一發票制度則延續至今六十年。我每次去商店購物，從店員手中接過那薄薄的統一發票，都彷彿接到父親的手澤，內心溫暖感動不已。

蔣介石的日記中還曾多次提到父親，如一九五〇年二月八日：

……約見少谷與任顯群等關於台灣財政與緝私問題之研討依之建議實施也。……（黃少谷時任總裁辦公室祕書主任）

一九五〇年十月二十六日在角板山：

……自忖復職以來行將八月軍事政治與黨務皆以重起爐灶之精神已建立初基惟外交尚在危險之困境而經濟財政亦未能完全脫險惟基本漸臻穩定至於軍事與防奸方面得力者為政治部之經國與郭寄嶠政治經濟方面則為國楨顯群與雪艇為最優也而最大之成果乃為研究院與軍議團之訓練事業彭孟緝實為後起之俊秀也。……

一九五一年六月六日：

……任顯群談台灣自花蓮經霧社至台中全程橫斷公路籌款辦法決定期預定於明年二月完工寸心為慰此為台灣最重要之建設亦為最艱難之工程也。……

然而，父親的長官吳國楨與行政院長陳誠及蔣經國（時任國防部總政治作戰部主任）不和，堅持於一九五三年四月辭職並於五月下旬赴美；父親也受到政治鬥爭波及而離職。……由於不願順從當局誣告吳國楨，他決定永遠告別官場。

一九九六年十一月，袁方先生在《傳記文學》六十九卷第五期發表〈任顯群的故事〉，說陶希聖曾於一九五四年三月，要求任顯群提供吳國楨的「不法證據」，但是受到任顯群斥責。陶乃發動相關人員查核省府購置物品的虛實，據說連省府買茶葉的發票也持往店家核對有無訛報。

袁方先生長期在金融界服務，著有《台灣金融事業史》，與我父親也是舊識。他在同一篇文章中說，他曾詢問我父親為何吳國楨要辭職，父親幽默的答道：「吳先生精通外科、老人科、內科，就是不通小兒科。」父親說完還進一步解釋：

「吳先生和美國的關係很好，夫婦倆與老先生、夫人的關係也不錯，就是和蔣經國的關係沒搞好。」袁先生因而加上一句按語：

……那段時期的政壇人士，因不通「小兒科」而落馬的大有人在。……

袁先生還提到吳國楨赴美前，曾去陽明山向蔣介石辭行，回程要下山時，發現座車輪子的螺絲被鬆脫了，幸而當時車子剛起動不久，未釀成墜崖之禍。——經歷了那樣的險境，換誰都會下定決心一走了之不再回來的！

袁方先生發表這篇文章時，父親已去世三十多年，他的結論是：

……任顯群在台灣從政，先後僅四年多，計任交通處長一年，財政廳長三年四個月，均政績斐然。他勇於負責，待人坦誠，深受台省朝野人士擁護。……

父親一九五三年四月辭去財政廳長後，與友人合創群友法律會計事務所；同年十月與我母親結婚，轟動一時。然而一九五五年四月十一日就被羅織「知匪不報」罪名，被捕入獄。

我稍解世事後，多次聽母親說父親被捕的事，每次都心有餘悸。她說，因情治人員在家裡翻箱倒櫃三天，連天花板都拆下來搜查；而且當局不告知他被關在何處，外面也謠言紛紛，有說被關在台中或台南，有說被送去綠島，有說已被處死……。提心吊膽了四個月，才獲知他被羈押在西寧南路保安司令部保安處；一年後判決定讞，心情才稍微篤定下來。

父親被捕之前兩天，蔣介石日記於一九五五年四月九日如此記載：

……十時入府令鄭毛追究任顯群包庇匪諜案。……

鄭指當時國安局長鄭介民，毛指情報局長毛人鳳。可見逮捕父親之事，是經蔣介石親自定奪的。

而所謂的「包庇匪諜案」，是一九五〇年發生的事，為什麼五年之後才要「追究」?是誰有意的羅織了那些舊資料給蔣介石?

「包庇匪諜案」的「匪諜」,是指父親的族叔任方旭,大陸淪陷時未及逃出;任職於中國人民銀行杭州銀行。一九五〇年八月終於逃到香港,輾轉與我祖母徐寶初取得聯繫,希望能夠來台灣。當時外人來台需有保人,祖母乃令我父親保任方旭入境。父親一向事母至孝並樂於助人,何況是自己的族叔?於是他按照行政作業規定向保安司令部提出申請,並經該部副司令彭孟緝審核批准;入境後也幫他找到工作安頓下來。

一九五三年十二月,父親與母親結婚兩個月後,任方旭突在台南被捕,長年羈押獄中不予起訴。一九五五年四月三日,父親偕母親參加張正芬的婚禮,照片上報一週後父親即遭逮捕;直到一九五六年四月十一日,兩人才同時由保安司令部軍法處宣判。

一九九七年我才有機會看到那份判決書:任方旭判刑十年,罪名是在大陸任職的人民銀行「均屬叛亂組織之一種」，來台後「既未據聲明脫離亦不向政府治安機關自首……」。任顯群判刑七年，罪名則是「曾接受高等教育，歷任政府要職，竟不知『大義滅親』之義，明知匪諜而不告密檢舉……」。

關於父親的刑期，聽說當局原先要判他死刑，後來又聽說要判十年，最後七年定讞，服刑兩年半獲得假釋出獄。我想，蔣介石處理過無數生殺大事，會選擇最輕的判決，大概是念及父親曾對國家有過貢獻，而且了解他從未做出對不起國家的事吧？

父親一向把做人該有的原則放在最前面，也因此做了些讓當道不滿的事。例如陳儀一九五〇年六月十八日在新店軍人監獄被槍決，遺體停在殯儀館，至親好友怕得罪當道都不敢去弔祭。父親則認為政治歸政治，情義歸情義，一得知消息就第一個去弔祭老長官；他是唯一去弔祭的政府首長。

而且陳儀去世後，其日籍太太生活無著，只得返回日本娘家依親。後來如有親友赴日，父親都悄悄託人給她送點生活費。

父親曾對母親說，陳儀太太從不用公家車，每天自己拎菜籃上菜場買菜，夫婦倆的生活一直很儉樸。——他當然知道去弔祭老長官的消息傳到蔣介石等人的耳裡會影響官運，但他並不在意。

又如吳國楨一九五三年十一月在美國發表批判國府言論後，昔日屬下都受到種種調查，要他們提供對他不利的證據；父親也被保安司令部保安處的人約談兩次。母親回憶說，父親每次都是晚上八點多去，十二點多才回來，查問吳國楨在省主席任內有無貪污、買金子、虛報帳目等等。之後父親則開始被跟蹤，家門口突來了一個香菸攤，目的是記錄父親行蹤；他的住家及事務所都受監控，連往來的公司也被查帳。最荒謬的是，我同父異母的大姊任景文要赴美留學，出境當天不但行李被海關逐一打開檢查，連新做的旗袍領子也被一件件拆開！……當局大概懷疑父親託我大姊帶什麼密謀信函給吳國楨，而信函可能藏在旗袍領子裡。

父親不但心胸豁達，聰敏好學，從不虛度光陰。別人坐牢大多怨天尤人，意氣消沉，他坐牢兩年九個月，不但以他和母親的故事編了一齣劇本「小秋」，還編了一本八百多頁的《中文字典》於出獄後出版。他的專長是法律與財經管理，誰也沒想到他會編字典，並以自己獨特的見解另闢蹊徑，把自古以來的部首做了大調整。他的「弁言」不足一千字，簡潔扼要，無一句提及身繫牢獄編書的背景。我上初中時，父親送我那本字典，我還不太了解那些部首的變化，但他說的一句話至今深藏在我心中：

「要記住呀，天下無難事，用我的部首查詢，這字典裡沒有『難』這個字喲！」

我也記得小時候問過父親：「爸爸，你有沒有坐過飛機？」

他說有，不好玩，因為是為了要載金子給「上面」清點。

我也問過他：「爸爸，你有沒有信什麼教？」

他回說：「我信仰過三民主義，但現在我信睡覺！」

我初中時想去教會，父親勸我要知道分辨，因為「很多時候，組織都是利用年輕人的熱血，最後受傷的是自己！」我想這句話說出了父親自己的心聲。

父親一九五八年元月假釋出獄後，因為被警告刑期未滿前不可與母親在熱鬧的公共場合露面，「也不能在台北市區做生意」，後來只好遠走金山鄉開墾農場，住在沒水沒電，屋頂蓋著茅草的矮屋裡。

母親說，他們初到金山鄉墾荒時，因為沒經驗，鬧了不少糗事。譬如一開始種了一大片高麗菜，眼見著逐漸長大，內心充滿了將要收成的喜悅，哪知高麗菜的葉子一直長高，就是不會包起來，一季的心血全白費了。——後來他們才知道，陽明山、金山的高麗菜，如果晚了十天下種，結果可是天壤之別！

一九六一年秋天，名作家柏楊到金山農場採訪，十月初於《自立晚報》的「冷暖人間」系列，發表〈兩個天地間的任顯群和顧正秋〉，其中一段話是這麼說：

> 關於任顯群，知道的人太多了，他當過台灣省政府財政廳長，在滿街都是駱駝牌美國菸，公賣局賠錢過日子，私宰如熾，財經紊亂得一塌糊塗的時候，他以絕頂的才能使全國面目一新。當去年所有的公務員拿不到年終獎金，大家再度的想起了他，對於全國的老百姓而言，使現在這些只會做官的人如此窩囊下去，而使一個能幹，而且有成績的人才在荒山上埋沒，這不僅僅是一齣「冷暖人間」的諷刺劇，也是一幕時代的悲劇。

柏楊先生來金山農場時，我才兩歲，什麼也不記得。母親一九九七年出版回憶錄《休戀逝水》（時報出版）時，我在書裡讀到那篇文章，想到去世多年的父親，想到很多長輩看到我，談話間說起父親都會說：「他是位做事的人，不是做官的人。」……如今引述柏楊先生這段文字，是一個紀念，也是與長輩們的話做個對照。

在我的心目中，父親是全世界最好的人。

我們住金山農場時，他每天和工人一起工作，關心他們的生計，幫很多屬下做生活規劃。吃飯時間到了，他大聲的喚著他們：

「吃飯皇帝大，先來吃飯！」

後來為了哥哥和我上學方便，母親帶我們搬到仁愛路四段，父親那時也終於能在台北市區開設建築公司，請了司機黃聰賢，在台北和金山之間來來去去。黃聰賢是金山鄉的人，跟了他很多年，父親把他當兒子一樣看待。

我小學四年級後開始愛漂亮了，偶爾會到信義路的一家裁縫店改衣服。那家店的老闆娘也幫熟客做衣服，請了幾個小姐幫忙，其中一個叫秀蘭，臉孔很漂亮，有雙水汪汪的眼睛，手藝也很好；我表姊給我的衣服要改小，都由她幫我量身修改。我很喜歡她，有一次聊天得知她也是金山鄉的人，心裡跳了一下，覺得更親切了，回家就跟父親說：「我想把秀蘭介紹給黃聰賢好不好？」父親說：「秀蘭的人品怎麼樣啊？」我說她很漂亮，人品應該也不錯吧？他就說：「好呀，我幫黃聰賢去看看。」

父親可不是敷衍我說說就算了，真的要去看秀蘭！但他擔心一個大男人跑去裁縫店顯得太突兀，就說總要想個比較自然的方式才好。我說：「有啊，表姊的牛仔褲穿不下，最近剛送給我，我要拿去改短一點，你陪我去不就能看到她嗎？」於是我們父女相偕去那家裁縫店。

老闆娘見到他，一臉意外的表情。「我女兒要把她的牛仔褲改成短褲。」他對老闆娘說。我在旁邊擠眉弄眼說是改短不是改成短褲，但他完全沒有意會到，大而化之的繼續說：「是不是有個秀蘭幫我女兒改呀？」秀蘭從後邊走出來，紅著臉說：「任小姐的尺寸我有，您放著就好！」父親盯著她打量，問她家在哪？幾歲啦？老闆娘與其他的小姐都圍過來看，弄得秀蘭很不好意思。最後他對秀蘭說：

「哪天改好？我請司機來拿。」

秀蘭說了個日期，我們走出裁縫店後，我邊走邊跟他抱怨：「我等了多時的牛仔長褲，變成了短褲！」他也沒聽進去，只是歡喜的說：「不錯不錯，妳有好眼光……。」

接下來就由我這個小媒人請秀蘭與黃聰賢到那時的「頂好」喝飲料相親。黃聰賢穿了體面的衣服，頭上抹著髮油，很慎重其事的樣子。後來就由父親代表黃聰賢去秀蘭家提親，轟動了金山鄉，也成就了一樁好姻緣。

父親就是這樣，熱心善良，也總是關心最需要幫助的弱勢者。我一九六六年讀復興小學時，他當家長會長，當時老師的待遇微薄，他特別幫他們成立了「職工福利委員會」；這在當年可是聞所未聞的事啊！

父親對人好，不只出於關心和行動，而且從不說傷人自尊的話。我上初中時成績不太好，考試常常倒數第一名，有一次學校老師請他去，我覺得讓他沒面子，內心很慚愧，擔心他回來會數落我一番。沒想到他一進門就說：「老師說妳很愛笑，我聽了很高興！女孩子就是要笑咪咪的，將來先生累了一天回到家，太太臭個臉，那怎麼行！我告訴妳呀，笑容可掬跟好成績，我當然要妳笑容可掬呀！只要六十分及格就好！」

父親長年抽菸，晚年罹患肺癌。由於被限制出境，申請出國就醫亦未獲准。他臥病期間，媽媽與我輪流照料，我常幫他按摩，同時聽他講故事。他也一再告誡：「你們以後不可以從政！」

我們父女當時談得最多的當然是他與母親的愛情故事，他總是說：「妳媽媽嫁給我，是委屈她了！妳媽媽可是位能幹的顧老闆喲！」（父親說「委屈」了媽媽，是因為父親生逢中國新舊社會的交替時代，仍有一夫多妻的生活方式，在媽媽之前，父親已經娶了一位妻子，並育有四名子女。爸爸愧對媽媽是「二房」的名分，總覺得媽媽受到了委屈。）

父親對母親很體貼，從不曾對她大聲講話，生活一直非常恩愛。母親主持顧劇團時，團員都稱她「顧老闆」，父親有時也這麼喊她。有次我們家的電線突然冒煙走火，母親立即一個箭步過去，把插頭踢離插座，並用鞋底把火源踩熄。父親回過神來，笑著對我說：「妳看看這位顧老闆！要得！當家的氣勢喲！」

一九九七年母親出版回憶錄時，以三章的篇幅把她與父親的結緣，父親的功績和委屈，竭盡所能的向歷史及所有關心的人做了交代；最後並將父親的判決書附錄於書後，讓後人了解他被捕入獄的經過。母親當年見過的人那麼多，會選擇父親做為伴侶，終生對他念念不忘，一定是因為他的人品、幽默與才氣吧！

父親的曲折之路，在一九七五年八月結束。他去世後，我們沒給親友寄訃聞（僅在報上刊登），出殯當天送他上山的車隊竟綿延兩公里之長；很多金山鄉民還在路邊設案祭拜送行。當時十六歲的我，又感動又驚訝，確實見識到父親有著多麼不凡的人間旅程。

這麼多年來，我有時會想，在過去那一長段被扭曲的歷史裡，父親該有怎樣的歷史定位？

想來想去，也許長輩對我說的那兩句話最為貼切：

「他是做事的人，不是做官的人。」

後記：

為了寫這篇〈讀我父親〉，二〇一〇年二月間仁喜特別陪我到史丹佛大學的「胡佛研究中心」，翻閱《蔣介石日記》的原稿。那幾天北加州濕冷陰雨，面對一冊冊森森然的歷史檔案，我的心緒激動，手也不停顫抖。在父親隨吳國楨下台以及被羅織罪名入獄的前後數年間，我以兩天快速播放的方式逐一檢視日記，找到與父親有關的敘述就停格下來，一共抄錄了十六條與我父親有關的內容。我也因而看到「一代偉人」敘述夢中出現毒蛇，盤轉在每一個他走過的柱頭。我也看到他日夜的猜疑、不安與長期的失眠。——曾經做過多少錯誤的決定，才會有那麼多的疑慮那麼深的不安？諸多章節，使我彷彿看到血跡漫過日記，漫延到桌上，又一滴滴的滴落，染紅了地毯……。

回家之後我陷入極大的痛楚，幾乎沒有辦法提筆。等緩緩回過神來，才慢慢拼湊出一九四九之後那幾年父親的臉龐，母親的臉龐，那字裡行間其他人的臉龐，他們家人的臉龐，奉命行事者的臉龐⋯⋯。

我找到一張五十幾年前的公文，是蔣介石於一九五五年四月九日日記所載：「十時入府令鄭毛追究任顯群包庇匪諜案。」後四天所發布的，凍結父親所有的財務來源，讓父親的兩個家即刻面臨生存的問題，家人的焦慮，現實的困頓，置人於死地。

完成〈讀我父親〉後，仁喜搶著先讀，讀完卻問：「妳怎麼寫得這麼客氣？」我無奈的答：「我又能怎麼樣呢？」

我的回答好像也是在替父親仰天長問：我又能怎麼樣呢？

但是青史豈容盡成灰，親愛的父親，希望這篇不能怎麼樣的文章，能聊慰您過世三十五年的在天之靈。

1997. 8. 31
ARLES, South France
CLOÎTRE SAINT TROPHIME

讀我「阿公」

藝術，
就是美善與真誠。

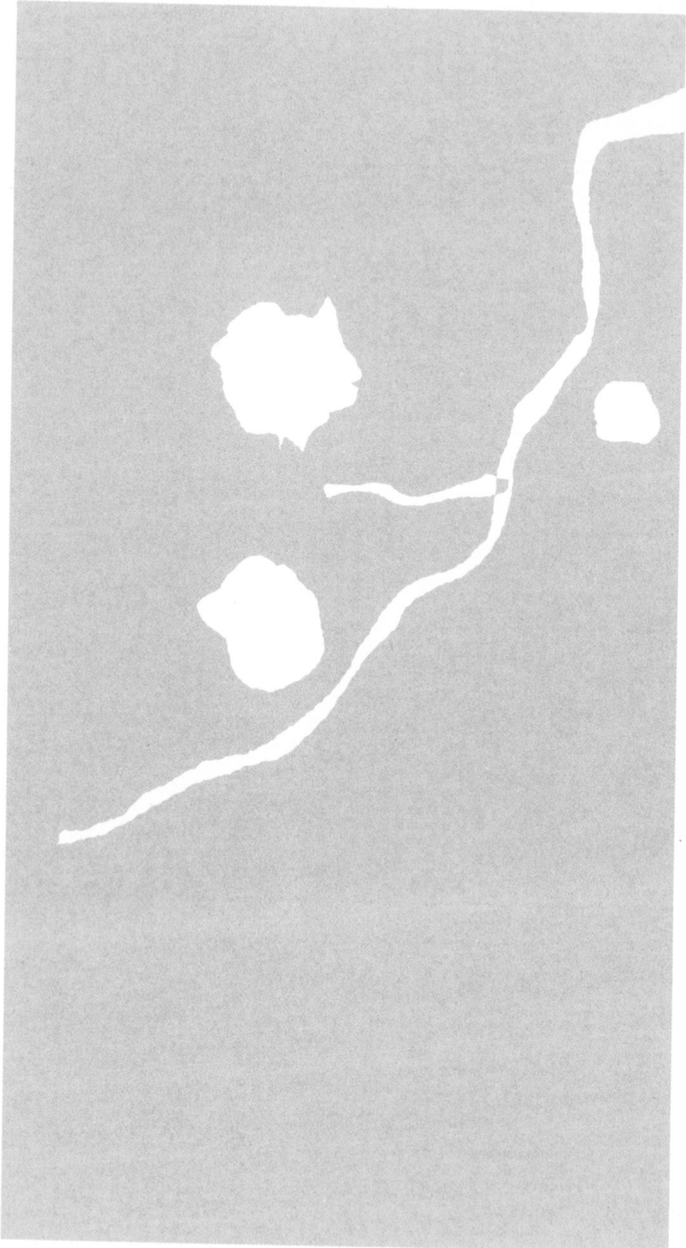

這一篇文章，撰寫於二〇一〇年，那時候我的公公時年八十五歲，每天都還在想怎樣寫出更好的日本和歌。他從小受日文教育，在銀行界退休後，除了做慈濟義工，生活中最重要的事就是寫和歌；從日常生活的觀察與體會中，按照和歌的嚴謹規律詩型，寫出很多細膩感人的詩句。前幾年他過八十大壽，仁祿特別把他多年來的作品蒐集成冊，出版《我的和歌日記》做為生日賀禮。公公說，寫和歌很難但也很有趣，為了一句短短的詩的意境，往往要左想右想，有時一個字也要推敲好久；不過在那推敲的過程中，也享受了玩味文字的樂趣。

我好喜歡這位愛寫詩的長者，都跟著孩子們稱呼他「阿公」。

阿公出生於一九二六年，八歲時進入台灣人讀的桃園公學校就讀（當時專供日本學童讀的稱為「小學校」）。台灣在一八九五年被無能的滿清政府割讓給日本五十年，在那段期間出生的人都像阿公一樣，出生時即為日本籍，後來又因教育的關係，日文都比中文好。阿公說，幼年的時候，在學校的所言所寫全用日文，只有在家跟家人才講閩南語。

阿公在公學校讀六年畢業後繼續就讀高等科兩年（等於初中一、二年），然後再考入一九四〇年才剛設立的台北商工專修學校（今台北市立大安高工）商科。阿公很打拚，商科畢業不久就考進日據時代的台灣銀行，接受了銀行業務的基礎訓練，同事多半是日本人。

一九四一年底日本偷襲珍珠港，太平洋戰爭全面爆發，日本政府開始對台灣人徵兵，阿公那時還在銀行接受基礎訓練，也被召集為臨時兵。入伍之前，他因感冒咳嗽不止，醫生說他疑似患了肺結核，但規定報到的日期已至，不得不啟程到新竹近郊風大的竹北去。阿公說，他被編在輜重部隊，每天都要搬運粗重的武器裝備，身心俱疲。奇怪的是，在那樣疲憊不堪的勞動中，身體漸漸好了。阿公回憶說，可能是太忙，沒有時間生病了。有一天，部隊的中隊長傳喚他去，阿公非常擔心自己是否做錯了什麼事。還好，是中隊長看了他的履歷，要他結束那體力嚴重透支的日子，轉去做他所擅長的主計工作。所以阿公後來常告誡他的孩子們：「一技在身，受惠一生。」

換做主計兵以後，他負責部隊每個月的收支記帳與現金管理。第二年，隨部隊移防到基隆港，空襲警報每天都像例行公事一樣的發生，軍隊裡的袍澤大多變得習以為常，有時根本不加以理會。但他仍時時保持著警戒之心。有一天，他的預感特別強烈，空襲警報一響就抓著綁腿衝進防空壕，一瞬間聽到爆炸聲「轟轟」響起，頭頂上一片刺目的閃光，跟他一起躲進防空壕的少年兵嚇得用力抱住他，大叫著「媽！」——阿公說，那是冥冥中的神明庇護他保住了性命，但人不管在什麼環境，也都必須隨時保持危機意識。

一九四五年八月十五日，日本宣布無條件投降，阿公歡欣鼓舞的返回家鄉。二十一歲那年，他開始學習中文會話與書寫，得以順利的繼續在光復後的台灣銀行工作。但幼年的語文學習對任何人都影響深遠，因此他要書寫抒發心情、感想方面的文字時，還是比較習慣使用日文。晚年能以寫作和歌自娛，我們都覺得那是快樂而幸福的事。

我的父母與許多親友都來自中國大陸，無法忘懷九一八事變、淞滬戰爭、南京大屠殺等等日本侵略中國的生死流離，民族痛楚。我的一位阿姨說，她在上海看到日本軍燒殺掠奪之餘，還當場把一個女人的乳房割下來！每次講到日本鬼子的種種暴行，阿姨總是咬牙切齒，永遠有不共戴天之恨。

但與仁喜結婚後，我從阿公身上看到一種儒雅的氣質。我想，阿公雖然受日本教育，到底不是日本軍國主義者；而且他的教育帶有一種自我節制的紀律，是我很嚮往的典範。台灣被日本殖民五十年，政治經濟雖然受到諸多不平等待遇，但治安良好，據說可以夜不閉户。而派到台灣從事教育工作的日本老師，也大多品行優雅，教學認真，並都以孔子儒教為基礎教訓，讓學生嚴守生活紀律。不少受過日本統治教育的人，戰後還對返回日本的老師念念不忘，時有書信往返，甚至請他們再來台灣旅行，一起參加同學的聚會。那種感情，我想是超越國家與政治的。許多跨越兩國統治與兩種文化洗禮的長者，如阿公一樣，至今的生活仍留有日本文化的影子；這已是我們這一代習以為常的事實。

阿公說，台灣光復的時候，他跟所有台灣同胞一樣興奮，還穿戴整齊的跑到基隆港口，擠在人群中揮舞著小國旗，迎接祖國來的國軍。但從船艙走下來的國軍，穿著破衣草鞋，舉止粗魯，隨地吐痰，講的中文完全聽不懂，阿公跟其他的人一樣，心裡有著很多說不出口的問號。不過終於不必再做被殖民的三等公民，內心還是有著回復為中國人的喜悅與驕傲，他也得以返回台灣銀行總行營業部，經辦存款與匯兌業務工作。

不幸的是一年多之後發生了二二八事件，造成台灣人與外省人之間永遠無法彌補的痛。阿公說，二二八動盪期間，他仍堅持每天去台銀上班，經過總統府前門時，軍人荷槍實彈，他必須很謹慎的裝成外省人的樣子走過去。我問他什麼樣子是外省人的樣子？他就仰起下巴，邊走邊吃東西，翻上白眼，把頭抬得高高的，把我這個外省人第二代笑翻了。阿公也說，一九五〇年代的國民政府只想反攻大陸，無心好好建設台灣，老百姓的生活是很苦的。

二二八之後，台灣進入白色恐怖時代，戒嚴長達四十年，人民戒慎恐懼，生活受到許多牽制。阿公說，他結婚時與新婚妻子到日月潭度蜜月，住在當地的旅館，半夜裡突然被軍人敲門叫醒臨檢，一看他們兩人的身分證沒有載明是夫妻，硬說他們是匪諜，就叫他倆到外面罰站到天亮。當時被指為「匪諜」，可是死路一條啊！所幸剛好有台灣銀行的同事也在日月潭旅遊，第二天緊急請台銀人事室保證他們都是台銀員工，這才得以安然脫身。

阿公結婚的事也經歷過一番曲折。他說，妻子與他原是台銀同一個單位的同事，比他大三歲，家境也比他好，所以她的娘家極力反對，其一是女比男大，其二是除每個月的薪水，無其他收入。而妻子的姊姊們都嫁入家境不錯的人家。姊姊們也警告妹妹，嫁了窮丈夫自己要負責。但她還是堅決嫁給他，兩人婚後生了四個孩子。生了第二個孩子後，她辭去台銀的工作，全家就靠阿公一份基層公務員的薪水，但無論生活多麼拮据，她從來不跟姊妹訴苦，讓阿公很心疼。

仁祿出生後常常拉肚子，而仁喜在一次躲空襲警報時受到風寒轉成氣喘，時常發作，她辭去工作後，少了一份收入，剩下他一個月的薪水往往有一半要花在仁喜的緊急醫治上。阿公說，為了醫治仁喜的病，看遍了當時的名醫，仁喜的母親甚至去為他算命，其中一個算命的說仁喜的生命可能不保，她急得跑到廟裡跪求菩薩保庇，發誓戒掉她最喜歡的茶道，並願以自身的性命交換仁喜的平安。在那樣的情況下，一個月的薪水半個月就用完，生活無以為繼，只好向娘家姊妹周轉；債務越積越多，最後不得已變賣他分到的祖產還債。阿公每次說到那段辛苦日子都搖頭嘆息。而這一切都沒讓孩子們知道，免得影響他們讀書的心情。

直到仁祿大學畢業，上了大學的仁喜也健康了，家裡的情況才好轉起來。可惜不到兩年，仁喜的母親得了腎臟病，每週需洗腎三次，每次就要五千元！而阿公當時的月薪只有五千元。阿公說，當年沒健保，為了支付龐大的醫藥費，他再度面臨變賣祖產的窘境。而且洗腎之後會全身發癢，家人要不停的替她抓癢，力道不能過重也不能太輕，阿公常常一天睡不到三個鐘頭，仁喜的母親那時真的苦不堪言。一九七七年農曆初六，她選擇家人都不在身旁的時候悄悄的走了，得年只有五十五歲！阿公每回說到這裡，總是萬般傷心與不解的說，「她為何不跟我說一聲就走了？」我們總是安慰他說，將心比心，人要走的時候，如果有太多牽掛是更難成行的。更何況，她有太多的不捨與不忍，怎能承受那種與摯愛的丈夫及兒女當面訣別的痛苦！

阿公後來從公家銀行轉到民營銀行，在金融業盡忠職守的前後服務了五十四年才完滿退休。阿姨(阿公再娶的妻子，我們都暱稱為阿姨)的個性開朗和氣，細心的陪伴阿公，自從她也退休後，更積極的安排多面向的生活。阿公身體健康，健步如飛。孫兒們陪他去走路，回來後跟我們說：「阿公怎麼比爸爸還年輕呢！」阿公與阿姨兩人一起參加佛教慈濟功德會及各類慈善工作；阿公每週幫慈濟翻譯日文，也有閒暇親近和歌。晚年的這項興趣，開啟了阿公另外一扇心靈境界，為他的生活帶來無限的樂趣。最近仁祿寫了一封e-mail給阿公：

您是一位盡責的父親……因為您盡責，所以，我們向您學會盡責……因為您盡責，所以，您將自己的身心，一直保養得很健康(當然，也要特別感恩阿姨，多年的陪伴與照顧)。

其實，弟妹與我，不只都大了，有年紀了，也都在宗教上有些學習、思考與體會；因此，我想，我們都能理解，孩子的家庭教育，最難的，不是經濟，是時間……

更難的，時間不只要有量，還要有質……您與媽一起辛勤努力，為弟妹與我，構築了家庭教育的基礎：

①經濟辛苦而穩定，讓我們學習珍惜、學習感恩。

②父母長時間陪伴，讓我們學習愛、學習被愛。

③生活求真誠善美，讓我們學習人生的價值，不是錢財名聲，而是美善與真誠……

我感謝從您與媽媽那裡學來「對藝術認真」。藝術，就是美善與真誠。

媽與您，雖然沒有教我們藝術的技巧與道理，卻因生活上對藝術認真追求，影響了(更準確的說是培育了)弟妹與我的天性之中，對真、對善、對美的欣賞與追求的能力。

也許，您覺得我們小時候，三不五時從自行車後座鐵箱帶來的雜誌，只是您與媽的閱讀消遣……

其實，我們從那些似懂非懂的照片文字，傳承了美的感受，也傳承了文化的追求……

也許，您覺得讓我們住在圓環磚樓、圓山木屋，只是湊巧有那樣的房子可以住……

其實，我們從您與媽的用心安排，體會了生活環境之美……

也許，您覺得我們每天早上醒來，就聽到收音機的英語與您的背誦，只是您有學習英語的興趣……

其實，我們學習了您的認真，您的決心與您擁抱異文化的勇氣……

也許，您覺得您週末的網球之會，只是您喜愛的運動……

其實，我們從您對運動的興趣，轉成我們對運動的興趣，中學時期，我們熱衷於運動，變成我們後來拚學業，爭事業的體力……

也許，您覺得，近年的寫作、翻譯，只是排遣時間……

其實，看您一本一本詩集、散文認真構思、專心創作、辛苦打字（其實是用電腦寫字）、用心排版，我暗暗佩服，常想到了您的年歲，我也不能怠惰……

您不只是一位負責任的父親，
您還是勇敢面對人生挑戰的父親，
更重要的，您是我們談起來就驕傲的父親。
所以，請繼續努力，繼續讓我們學習！」

讀了仁祿的信，真是感動不已。開始邁向中老年的子女，向敬愛的老父說出心底的感恩，為人父母的我，更深切體會這段感恩的話何其珍貴！

阿公真的很勤奮，電腦時代來臨，他也學用電腦與中文輸入法，除了寫和歌，還常常給我們與孫輩們寫e-mail。最近他寫來新的生命體悟：

過去　可回憶當為經驗做為未來的參考。
未來　誰都無法預測，因人生無常，應平時修身準備未來。
現在　要把握當下，做善事不後悔，做人要寬厚。

阿公，是一位讓我們後輩尊敬與愛戴的長輩。

阿公過世，仁祿著手整理家人對阿公的紀念文章，我再讀此文，回想到當年我把這文章給他看時，他挑出其中的細節跟我再三說明，讓我修正的情景。我必須說，我跟阿公真正的溝通，開始於他學電腦以後，因為他聽不懂我的標準國語，我聽不懂他帶有日本腔調的國語，我們常常比手畫腳，與用眼神會意的溝通，這倒有一種空間與包容。阿公退休後，我幫他打理了一台電腦，教會他用手寫板，幫他申請了一個名為 sweetdad@hotmail.com 的信箱，這時，我才開始以書寫的方式跟他分享生活細節，也讓我們的孩子跟他寫信，報告他們唸書與國外生活的點滴，我們的「對話」才開始比較詳盡與深入。這個對話延續到他身體開始較為虛弱為止。

回想當年我與仁喜結婚時，我的母親對我說：「妳花頭這麼多，不要嚇壞夫家呀！」這麼多年相處，我終於明白我母親的告誡，因為阿公總是以嚴謹的態度、單純的動機執行面對每一件事物。他的身教言教，影響仁喜與我大伯、小叔、小姑甚多，我這「花頭多」的媳婦，最後終究是羨慕他們可以單純直白，理直氣壯的做人處事，也體會這是要有多少福德，才可能修得到的人生文憑呀！阿公三月三十一日於平靜的睡眠中往生，享年九十八歲，圓滿他的一生，也讓我們後輩，永懷他圓滿的典範。

Sanary,
Esplanade

天下父母雙人舞

在教育孩子成長的過程中，父母各自扮演著不同的角色，站高一點來看，為人父母的藝術，有如一齣動感的舞蹈，心念一轉就像打開了音樂盒子，「雙人舞團」即隨之舞個不停。

二〇一〇這一年，是我人生中最忙碌的一年。老大姚姚在美國休士頓的萊斯大學(Rice University)畢業，老二JJ也在同一所大學就讀，今年要過二十歲生日，卻遭遇了一場情感挫折；老三小元高中畢業，也即將去美國讀大學。我還必須加緊腳步趕著《傳家》問世；這套書是我與三個孩子之間一個重要的精神里程碑。

仁喜與我，也為著即將來臨的空巢期做心理準備。怡蓁跟我說，她孩子出國上大學後，她回到家，照例的喊著孩子的名字，空寂的回音，換來幾滴默默的眼淚。佳君說：「我會跑到孩子的床上，聞聞她枕頭上留下來的味道。」天下父母與孩子之間，是一場愛戀。而做父母的本能天職，就是擔心與選擇。

仁喜與我經歷了孩子們小時候該喝什麼奶粉到長大了要選擇哪一所大學；從擔心他們的一個噴嚏到就業與前途；選了這樁以為好的，又擔心那樁出現什麼問題……；父母的念頭，總是無時無刻不在擔心、選擇、愛戀、不捨間打轉。

中國人有句老話：「兒孫自有兒孫福」，但有幾個父母能修到那個完全放下的境界呢？在教育孩子成長的過程中，父母各自扮演著不同的角色，站高一點來看，為人父母的藝術，有如一齣動感的舞蹈，心念一轉就像打開了音樂盒子，「雙人舞團」即隨之舞個不停。

小元是我們的老么，高中畢業前也收到幾所美國大學的入學通知，仁喜與我趁著去美國開會之便，也順道陪著小元一站站從美國西岸到東岸，選擇他未來四年要讀的大學。從老大姚姚開始，多年來我們以眼見為憑的方式，走過將近三十五所美國大學，利用這趟選擇之旅，盡可能的跟孩子對話，分析，把最後的選擇權留給他們自己。對仁喜與我而言，為人父母給予孩子的人生選擇建議，不外乎學校、職業與婚姻。一趟選擇大學的旅程，象徵著我倆十幾年來栽培一個孩子的期末考；對每一個孩子而言，則是勾選另外一個人生旅程的開始。

小元的個性十分固執，小時候帶他去玩具反斗城，他在前三個貨架上決定一個玩具後，就不改初衷的抱著那玩具，這期間我們若看到更適合他的玩具，就要費九牛二虎之力才能扭轉他的心意。因此對這趟他人生的選擇之旅，仁喜與我多了一層面對一條牛的壓力。預定的行程還沒開始，小元就已屬意一所我們也很喜歡的大學，幾乎覺得就是定案之選了，但「雙人舞團」執意機會教育，認為此乃人生重要決策，當看過所有可能的大學，再做決定也不遲。這趟旅程中，雙人舞團的腳步沉穩，進退有序的打開小元的眼界，讓他仔細的實地觀察與感受。值得安慰的是，這份心力起了作用。老實說，選擇哪一所大學，都錯不到哪裡去，也已經是其次的目的了，雙人舞團希望建立溝通的是他在面對「選擇權」這件事情上的認知。希望讓孩子體會被動選擇與主動選擇間的差異。人的一生，將面臨無數的選擇，有些人斤斤計較，有些人大而化之，過與不及都不是正確的。最重要的是要能夠在重要的事物上，學會分析與扭轉選擇權的技巧與方法。小元「以為」

自己功課做足了，就妄下決定，事實上，玩具反斗城他只看了十分之一呀！

有一種人，會花下心力做開創的努力，有扭轉順逆境的「習慣」，把格局擴大；有些人則無所謂，沒有養成花這層心力的習慣，漸漸的就習於逆來順受。我以為，關鍵時刻，對於那種無所謂的個性、好脾氣個性的人，最好加強這個教育。平常我們忙於應付工作與生活瑣事，也沒有機會有這麼明顯結果的實證，所以透過這層天時地利人和的機會旅行，讓他親身經驗，學習訓練這個功夫與習慣，之後再去面對諸如學校、職業與婚姻三樣人生大事的選擇時，相信是可以減少錯誤，少走些冤枉路的。

今年三月，JJ在情感上遇到了挫折，因為失戀而傷心不已，雙人舞團也跟著一起挫折起來，緊張得暈頭轉向。當時仁喜在台北，我出差去上海，我倆與休士頓的JJ三地三方SKYPE個不停。SKYPE的同時，雙人舞團還不斷的偷發簡訊，協調你說什麼，我就接著說什麼，務求口徑一致。我們畫了一張好大好大的愛心卡片，在其中畫了一個好小好小的愛心，宣誓你失去那個小不叮噹的愛，但你擁有跟恆河沙一樣大的愛！我也分別打電話給在台北的母親，請她以奶奶的立場幫忙打電話到美國開導開導 JJ；打給姚姚，請她用訓斥的口氣對弟弟說：「Be A Man!」打給小元，請他跟哥哥分析得失。雙人舞團頓時擴大了軍用的需求等級。事實上，已經不是在對付 JJ 失戀這一樁事了，戰況的現場是急需撫平天下父母自己的不捨罷了。

仁喜這位言詞精簡的父親，在百忙中提筆給 JJ 寫下千字勸世文，希望安慰他所面臨的挫折。勸世文開天闢地的引用各家格言從上寫，哲學論理從下寫，出世的從左寫，入世的從右寫，自然法則從中間切入，字字珠璣，嘔心瀝血，大意是：為父為母的，多年來在為他們創造一個牢固的城堡，希望他們在最美好的環境裡生長，不要受到打擊，但「Life is never easy」，人生一定會有失意的時刻，要勇於面對，並且要明白世間其實沒有所謂的百分之百的「美好」！信寄去之後，舞團當然從老大姚姚那邊打聽勸世文是否奏效？老大回答說，ＪＪ收到了，ＪＪ說他看懂爸爸勸世文的大意是：「大便總是會出現的!!」仁喜的千字文換取了這八個字，我們也就關上了音樂盒子，決定從此再也不要跟著這種不捨的念頭跳舞啦！

再談到為人父母的擔心，仁祿曾回憶母親似乎要有很多很多的擔心，才能換取她的安心。的確如此，為人父母最揮之不去的情緒就是擔心。

不過，從老大老二離家上大學到老三上大學，我與仁喜總算修練了一些經驗，不會那麼慌手慌腳窮擔心了。

回想四年前首次送姚姚到美國上大學，仁喜與我全副武裝，早早訂了休士頓 Rice 大學邊上的 Holiday Inn，從台灣打包了像搬家一樣多的行李，準備搬到姚姚的宿舍去。報到前一晚，仁喜幾乎沒睡，擔心姚姚要搬到宿舍的東西太多，第二天要送到車上可能很費時，旅館也許沒有足夠的推車，所以他半夜四點半就下樓去找推車。但整個旅館大廳都沒有，只好逐層的找，果不其然，有幾個更高招的父母早已把推車「私藏」在自己的房門口。於是引發了仁喜的「搶先」作戰情懷，回來搖醒我，告訴我要快，因為他「偷」了推車，我也莫名其妙的感染了緊張的氣氛，捨不得叫醒沉睡的姚姚，兩人就把幾箱行李偷偷摸摸的先搬上車去。

報到的時間是早上八點。我平日並不是個準時的人，但為了姚姚，不但要準時，而且要提前，因為我家小姐東西這麼多，還是早早去幫她安頓好，免得被人家笑話。仁喜則想：一定要比室友先到，選個好風水的床位。於是我們三人七點十分就到達了學校門口。只見 Rice 大學已經依照不同的學院分好報到入口，我們經過其他學院找到姚姚的 Will Rice College 時，已經有比我們還緊張的父母在排隊了！哇，人家的車子更大，塞滿了箱子，還有人載著很高的冰箱或四層的檔案櫃呢，跟人家比起來，我們那四箱東西實在不算什麼大不了的！

在那等待的五十分鐘裡，我又對著姚姚碎碎唸：如果快感冒，要吃哪個，如果過敏了，吃哪一個，如果想家，就怎樣，如果個沒完沒了。

八點一到，不知哪裡冒出來的音樂聲大作，從停車場的閘欄邊衝出三十幾個穿著 Will Rice 學院 T 恤的學生，對著我們又跳又叫，擺出最熱情的歡迎儀式。其中兩個來敲我們的車窗，我們一打開車窗，他們就直往姚姚臉上看，然後大叫「Joyce！！」接下來的十幾個孩子就一個一個叫「Joyce」，很像到日式餐廳一進門會有很多人鞠躬胡喊一陣，直到「負責」Joyce 的兩個學生衝過來，把姚姚拉下車，又跳又抱的把她帶到前面去。

原來這些學生自願組成了新生訓練營，必須由新生申請大學時的照片與名字，認出新生本人，讓新生不會有初來乍到的陌生感。

仁喜與我不太適應那麼大聲的音樂與熱情，一陣錯愕後被引導去停車。一下車，學生們一擁而上，給我們擁抱與一堆自我介紹。我禮貌的回應著，心裡卻只擔心著車上那堆東西，該如何將之扛上宿舍呢？宿舍在哪兒？宿舍在哪兒？我的擔心與現實的熱情成了強烈的對比。我記不得這些學生的任何一個名字，只擔心著那行李中的藥粉再不拿出來會不會潮濕了？帶來的床單會不會太大了？墊子合不合尺寸？宿舍會不會髒亂？會不會碰到一個惡室友？她會不會氣喘發作？我帶來的醬油該偷放到哪裡？……

我的擔心，瀰漫在空氣中，與這群孩子的熱情，形成了一層隔閡。我當下的感覺只有責任，心裡只盤算著車上的行當該怎樣才能搬運得完？

我們被迎領到管理者Mark的家，Mark介紹完他的家人和他的兩隻狗，我們就被帶到早餐桌邊，喝點飲料，吃點東西，客氣的閒聊一下。我仍是恍惚得只想快快回到一個只有我們三人的空間，我還有很多事情沒對姚姚交代完呀，比如駕照到期日、銀行開戶，保險等等。我也開始想著，我該怎樣寄東西來？姚姚跟我之間的信箱在哪裡？我將會有很多信很多包裹出現在那裡。信箱要設密碼，她會用我們家慣用的密碼嗎？還有，最重要的，她住的宿舍在哪裡？……我現在不需要熱情，我需要跟姚姚單獨相處的時間，等一下我們分開前，一定要好好的告訴她很多自己生活該注意的細節。

終於有人要帶我們到她的宿舍了，我摩拳擦掌的等著看，我該如何分配她的櫃子，電腦的延長線夠不夠？光線夠不夠？書架夠不夠？

她的學長們先帶我們看未來四年姚姚將會出沒的餐廳、娛樂間，樹下有鞦韆、烤肉架、搖搖床，我幻想姚姚躺在上面，午後的陽光和煦的照在她臉上；她可能正用手機打電話給我呢！

姚姚分配到的房間在二樓，幸好不是四樓，不然仁喜與我，腰不好，膝蓋不好，那些車上的箱子，搬二樓總比四樓省事多啦。而且我隨身包內準備了小刀，萬一扛不動，可以在車上先拆開，第一箱的最上層有一個帆布提袋，老鼠搬家也可以來回幾次把最重的一箱搬完吧？車上有個小摺疊推車，打開後也可以分梯次搬運完畢。在家打包的時候，我已經分好哪個給仁喜拿，哪樣給姚姚拿，只要照著我的順序開箱，一定可以很快就位的；就位後我們才有時間講講話呀。

學長帶我們到她的房間門口，門上已經畫了一堆歡迎的語彙，還有中國字哩！門上還有不知誰幫姚姚與她室友畫的畫像；那個室友的眼睛很長，也是東方人，應該比較愛乾淨吧？

門打開，映入我眼簾的，居然就是我最擔心的車上行李！原來在我們訪問Mark家時，那群孩子已經把姚姚的所有家當從我們的車上搬到房間來了！

姚姚與我及仁喜相互使了一個眼神，意思是：哇塞！Full Service！負責Joyce的學長指著窗户，我們隨著看出去，優雅的校園，紅磚砌的拱形廊柱穿插在每一棟建築物，地上的紅磚有我走過的鞋子聲音，將來是姚姚穿梭於這美麗的建築物與古老的樹木間，像海綿一樣的吸收，她將會變得更有自信，更成熟。那學長並指著桌上的小魚缸，裡面有一隻藍色的魚，另外一個桌上是一些糖果。學長對姚姚說：妳與妳的室友決定看誰要養這條魚。他請我們整理一下，十一點集合，然後告辭而出。

為父最重要的時刻來了，仁喜迅速的看了一下小羅盤，選擇左邊的床，但要換個方向，我們三人就快速的搬好。因為要趕在室友來以前把東西安頓好，我再度發揮快速的歸位法。仁喜跟我都覺得房間的光線稍暗，得加盞燈，而櫃子沒有分隔，該加些層板。同時我與仁喜內心深處的第二層擔心也湧上心頭：這室友，不知道好不好相處？我們只知道她叫Donna。我雖然恍惚的下車，但把所有的女生都幻想成可能是Donna。這個太野，那個好兇，這個都不笑，那個還不錯，但旁邊的媽媽，好像跟我一樣煩哩！

在整理東西的這一段時間，仁喜與我都很專注與安靜，姚姚卻哼著歌，拿出一樣東西就會跟我開開玩笑，糗我說這也要帶！然後她拿起自己台北桌上的多格相框往書桌上一放，我看到其中一張是她五歲時穿著一襲黃色蝴蝶裝的照片，不禁眼眶一熱！

那是姚姚第一次上台表演跳舞。表演前，她就興奮的在家裡穿上這閃亮的衣服，像隻小蝴蝶，飛呀飛的，讓仁喜與我幻想著天鵝湖中的白天鵝在舞台上表演。正式表演當天，從阿公開始，全家浩浩蕩蕩九個人去搶位子；V8攝影機、拍立得、望遠鏡，裝備齊全。偉大的演出時刻來臨，布幕一拉開，一百多隻蝴蝶在台上飛舞，我們全都傻了眼。阿公指說第三行第四隻，姑姑說不對不對，好像是第五行第八隻；一變換隊形，仁喜說快快，在最左邊！我那V8的小孔鏡頭，一次只能捕捉兩隻，但她們飛呀飛的，熟悉的音樂已經接近尾聲，我們九人還沒有一個找到蝴蝶姚姚在哪裡。音樂結束，鼓掌響起，我們愣在那裡；帶去的重裝備，竟然一隻也沒拍到！——如今擺在桌上那張照片還是回家後補拍的呢！

這時候有人敲門，姚姚的室友 Donna 與她父母來了。她是美國長大的 ABC（American Born Chinese），從紐約來，父母會講中文，大家相互禮貌的介紹了一下。看到她，我整顆心放下來了。Donna 混合著東方的禮教與西方的活潑，我們欣喜姚姚修來個好室友，深層的憂慮一掃而空。我們很大方的說，印表機共用；他們說冰箱共用；我說我這兒準備了很多備用藥與維他命，Donna 如果不舒服也可以服用。又指著電鍋說，想吃米飯，可以自己煮。仁喜瞪我一眼，好像責備我只擔心生病與吃飯兩件事！

所有的客套都說了，就是沒有提到我們先到先選床位這檔子事。這小小的房間，站了六個人，孩子有一搭沒一搭的閒談。家長相互客套，Donna 媽媽說，希望姚姚能教 Donna 穿衣服，她嫌 Donna 太男性化了，不懂打扮。我則說聽說 Donna 是全校第一名畢業的，SAT 考二三六〇分，姚姚如果需要請教功課，希望 Donna 能夠指導一下。我們相互留下聯絡的電話，以防雙方家長「找不到人」時備用。

然後我們一起走向說明會的地點。Donna 媽媽說，看行程表，大概午後一點我們就該離校了，我說，不會的，表大概那麼寫，我們訂的是後天晚上的飛機，還想多陪陪姚姚呀。

到了說明會場，Will Rice 的學生齊聚一堂，由具有領導魅力的學生主持節目，內容都是衝著家長來的。學生會長極力安撫家長，千言萬語要家長們不要擔心！還說吃過中飯孩子們將會離開，開始他們的新生活動，家長們可以去禮堂聽演講。

然後學生們演出話劇，以話劇的方式告訴家長們，他們的孩子在未來一週新生訓練的生活概況。我們的許多疑問，都在演出的細節中獲得解答。那齣話劇透露的訊息是：我們的孩子將會很興奮，保證沒有空想家；為了建立整個 Will Rice College 的默契，他們會帶著我們的孩子玩到瘋！節目單裡還有一項活動是整晚不睡覺，穿著球鞋去溜冰！我心想，這是大學還是夏令營呀？

最重要的介紹，大概是選課規劃與社團選擇。面對密密麻麻的課程，看起來頗複雜呢！我又開始擔心，不知姚姚搞得懂嗎？

最後是Mark出場，說明各類相關的安全問題。最後他說，美國政府最近公布了一項法令，為了維護個人的隱私權，大學生的成績單不會寄回家給家長看；如果家長堅持要看，這裡有一份表格，學生必須簽署同意書。我睜大眼睛看向仁喜，他才會意過來，我則已經氣炸了！怎麼可能呢？有沒有搞錯呀？這成績單一直扮演著父母與兒女的臍帶，怎麼，怎麼連這一部分都要剪斷？不可能不可能，多年來，看管著成績單與兒女算帳，就是父母親的責任呀！這是天職呀！美國人美國人！只知道顧人權！這豈不是只顧孩子的隱私權而剝奪了家長的人權呢！？我心中有無限的怨氣與問號：我該不該讓姚姚簽署這份同意書呢？我該對她怎麼說呢？！於是又陷入一層失落與擔心。我想，等一下我們三人單獨相聚時，我可要跟姚姚算清楚，咱們中國人，臍帶絕對不可以斷呀！我們出錢讓妳念大學，妳連個成績單也不給我們看，這成何體統？成何體統呀！

午餐之前，校方再次告訴家長，孩子們下午就要開始一連串的活動，請家長們準備好離開。這午餐具有交誼性質，姚姚生澀的看著陌生的同學，我們也沒有什麼機會多說話。一點鐘一到，Mark 要我們擁抱孩子，因為他們將開始冗長的活動節目。我心想，那就等下課鐘響休息時間再說吧。仁喜與我面對著興奮的姚姚，給予一個長長深深的擁抱，然後說：「手機打開，等下碰面再說！我愛妳！我愛妳！」之後，姚姚跟一個小團體走到遠遠的一棵樹下，我看不清楚，就用相機的望遠鏡頭找這隻姚姚蝴蝶，小鏡頭中，看到戴著花布髮箍的姚姚，靦腆的跟著其他的學生在一起。

這時 Mark 又說話了：「現在孩子已經跟你們分開了，請你們到大禮堂聽學校準備的演講。」

演講的第一場是總校長，我雖然坐著聽，但腦海全是那相機望遠鏡頭中戴著花布髮箍的臉孔。第二場是一位母親，她說自己是一位平凡的家庭主婦，但她顯然非常有經驗，以幽默且有心理學疏導的方式，道出在場父母離開孩子這一刻的心聲。只見母親們紛紛拿出紙巾，輕輕的擦淚，仁喜的眼睛也紅了，有一位母親甚至壓抑不住，嚎啕大哭起來。演說的母親極力的請家長們放下擔心與盼望，並且冷酷的告訴我們：孩子只有在走到很遠的教室的那段十分鐘的路程，才可能有空打電話回家；而且他們的第一句話與最後一句都是「我很忙，你們不要擔心！」真的，他們很忙，請你們不要擔心！

第三場演講是一位應屆畢業生，她以過來人的心情告訴家長，為什麼你們不需要擔心：因為他們面對一個嶄新的生活，會有一段適應期，請家長給他們一點時間，面對適應上的問題。她並再三的強調，孩子們有多麼感激與恩愛他們的父母辛苦的培育，讓他們能夠到這樣一所完善的大學度過未來的四年，沉浸在人文與專業的學習領域，他們對父母的用心充滿感恩，幸福與快樂；請父母們千萬不要擔心。

可能是時差與一夜沒有睡好，仁喜與我都需要喘口氣，聽完演講就無言的回到旅館，走過一堆已經沒有人要用的行李推車。進了房間，想睡又睡不著，就這麼昏昏的，慌慌的躺著。我們試圖打姚姚的手機，卻一直收到沒有開機的訊息。仁喜又說起姚姚宿舍的燈光太暗了，我又說衣櫃需要加些層板，走，去買呀。

美國買家具，全都是要自己組裝的，雖只買了三樣東西，包裝盒卻又大又笨，我倆像卓別林電影中的笨蛋工人，手腳很不俐落，又忘記買工具，在租來的車上翻來翻去，好不容易找到個十字螺絲起子，慌慌張張的來來回回好幾次，才把東西都搬到宿舍門前。宿舍很安靜，好像沒有人，而且上了鎖，進不去。我們在外面繞了繞，終於有個人出來，我們於是趁機溜進姚姚房間，開始偷偷摸摸的開箱組裝櫃子的層板，鞋架和書櫃。最後剩下一個燈要組裝時，我迅速的先把一大堆紙箱拿到外面的大垃圾箱去丟。等我回到房間時，看到仁喜的手對著空氣一上一下的抓著，不知道他在抓什麼，但那樣子好滑稽啊！我低頭一看，原來組裝燈的包裝是用輕質粒狀保麗龍小球包住，一打開來，小球到處飛，如果不去處理，可能會漫得到處都是，別說給Donna看到，就是給姚姚看到，大概不免又被奚落一頓。於是我也趕緊加入仁喜的滑稽行列，把飄到半空中的小球抓下來。這玩意輕飄飄的還真不好抓，抓下來後必須設法壓住，免得它又飄起來。仁喜兩手兩腳並用，我找不到掃把，只好爬在地上用手掌當掃把不停的掃。這兩個默片裡的笨蛋工人，一個向空中揮舞，一個向地上揮舞，活像正在彩排一齣現代舞，我從穿衣鏡中看到兩人的狼狽模樣，忍不住哈哈大笑起來。真希望能把這段滑稽的「天下父母雙人舞」錄影起來，播放給我們公司的同事看，看看那不容許犯錯的老闆，居然也有此荒唐落難的一幕呀！

更妙的是，那時姚姚突然回來了，看著我倆的舞蹈，露出一臉的驚訝。搞清楚怎麼回事後，她也大笑了起來，並請我們千萬不要再幫她整理了，晚上回來她會自己整理的。我心急的直問：妳好不好？同學好不好？有沒有壞小孩？但她急著換球鞋，要趕回下一場去報到。那時我才明白，學校說明書上寫的下午一點以後請家長自行離開是真的，我們耗在這裡也看不到她了。這個擁抱之後，可要五個月後才能再看得到她啊！我忍住眼淚，叮嚀她不要想家，不要哭，「因為妳在這一頭哭，我一定感受得到的」，要記得吃維他命、過敏藥……，仁喜則一句話也說不出來，只深深的擁抱心愛的女兒。

女兒離開後，我倆像洩了氣的皮球，全身軟趴趴的，我的耳邊還不斷傳來仁喜的嘆氣。我倆提前離開美國，沒魂似的回到台灣。

這只是三段陪孩子選擇、不捨於孩子所受的挫折與送孩子上大學的心情紀錄。我相信每一個孩子的成長，都讓天下父母面臨各種程度不一的選擇、擔心、愛戀與不捨。佛家有云：「一切的情緒都是苦。」的確，好苦，真是苦！話雖如此，天下為人父母的，又有幾個出離得了這甘願受苦的輪迴？大多數的父母，仍然持續的打開痴念的音樂盒子，轉著停不下來的「天下父母雙人舞」！

GUESS
HOW MUCH
I LOVE YOU

訓

福慧雙修

做學生不只是要學習知識，更要學習理性，強化意志，將來才能克服各種生存的難關。

仁喜家有個流傳三代的故事。

這故事是跟佛菩薩有關的。

仁喜的阿嬤，年輕時連生了四個女兒，深恐無後為大，就對仁喜的阿公說：「請你娶妾吧！我生不出兒子。」——那年阿公已三十七歲了。但是阿公安慰她，聽說浙江普陀山的觀世音菩薩很靈驗，他想由台灣坐船去普陀山求觀世音菩薩，不久之後，十月下旬，他真的千里迢迢去了普陀山。過了五年，阿嬤生了第五個女兒，四十二歲的阿公再次前往普陀山，但回來後仍然沒有喜訊。阿嬤哭泣的請他放棄她，阿公還是堅決不肯放棄。又過了五年，四十七歲的阿公三度前往普陀山，依例在洞窟深處低頭長跪，虔誠的求菩薩賜給他兒子。過了一個多小時，他抬起頭來，忽見一身白衣的觀世音菩薩，垂著眉張著雙手站在他前方，他於是又低下頭繼續誠心的懇求……。那次回到台灣兩年之後，阿公四十九歲時阿嬤生了第一個兒子，然後阿公五十一歲、五十三歲時又生了兩個兒子。有了三個兒子的阿公自是滿心欣慰，對佛教的信奉也更虔誠了。

阿公在桃園的家有很大的庭園，他對自己與家用都很儉省，卻時常行善助人，對寺廟或救貧的捐款，尤其是不遺餘力。他還曾經請一位專門講善行故事的人到家裡住，晚上在庭園裡講古給鄉親聽，內容多半是與佛祖有關的事蹟與教人行善的故事。

阿公活到八十八歲，彌留之際突然大聲的對站在床邊的孩子們說：「佛祖來接我了！你們還不快跪下！」說完了這句話，他即往生而去。

仁喜的父親是阿公的第二個兒子，他很喜歡對兒女說阿公阿嬤的故事，「你們都是佛祖所賜的孩子！」最後他總是這麼說。——仁喜虔信佛教，跟家庭信仰也許有直接的關係。

我在受教育的過程中，常聽師長說，做學生不只是要學習知識，更要學習理性，強化意志，將來才能克服各種生存的難關。但是人身是血肉之軀，人世有各種艱難挑戰，希望獲得某種趨吉避凶的宗教力量，藉以沉潛心靈，以此安身立命。人對於宗教信仰，大多來自家庭的傳統，或者來自朋友的影響，也有些人則是在情感受挫或心靈困惑時，尋求精神的依託，或是對人存在的哲學性思維想得到答案時，會希望在宗教裡獲得身心安頓的天地。

我所生長的台灣，宗教信仰，經歷了三百多年融合，具有極大的包容性。不論是東方的儒教、道教、佛教、一貫道，或是來自西方的基督教、天主教、回教，現在都漸漸的跟我們的生活結合在一起，其教義、儀式、組織不但具有潛移默化、凝聚共識的力量，甚至產生了命運一體的觀念。尤其是道教、佛教和基督教，在各地廟宇舉辦各種廟會與節慶活動、教會傳福音等，無不反映了老百姓敬天、感恩、祈求平安的生活意願，也成為熱鬧活絡，別具地方特色的民俗文化。

中國人常常送給別人「福慧雙修」這四個字。長輩們常說，當福德與智慧具足時，一切成就的因緣也將出現。有別於其他的祝福語，這四個字有一個動詞，就是「修」字，代表福德與智慧是需要「修習」與「積累」的，是一門需要具體實踐的課程。

在台灣，各宗教都努力的教導並宣揚善行的理念，這都是人生修習的課程。每一個家庭，都可以有所信仰，接觸各類宗教儀式，但要想清楚，不要極端、怪力亂神，思維除了趨吉避凶以外，自己信仰的終極目的是什麼？比如佛教會說：「離苦得樂，解脫生死。」基督教會說：「今生得喜樂平安，將來有永生。」認知在達到目的前所走過的方法或儀式，可能只是必經的道路，不需要執著其中。多讀原始經典，自然有智慧分辨，如此方可引領自己走在安全的信仰之路。

宗教除了帶來豐富的社交的律動與文化生活，還能夠帶給我們的是，在這個極度競爭、價值無序、欲求生存的生活下，或者說這個精神壓力幾近崩潰的環境下，沒有準則的世間亂象中，提供一個心靈的成長、鍛鍊、撫慰，更甚是醫療的良方，讓我們擁有福德與智慧，有超越狹隘自我的可能，走上信仰的終極目的。

而最重要的是鼓勵著我們在「福慧雙修」這門人生課程上，不斷的修習與精進。

逃不過數嗎？

「善有善報」

如同一加一等於二，是數字的理論，也是鐵的定律，就是這麼簡單的祕密。

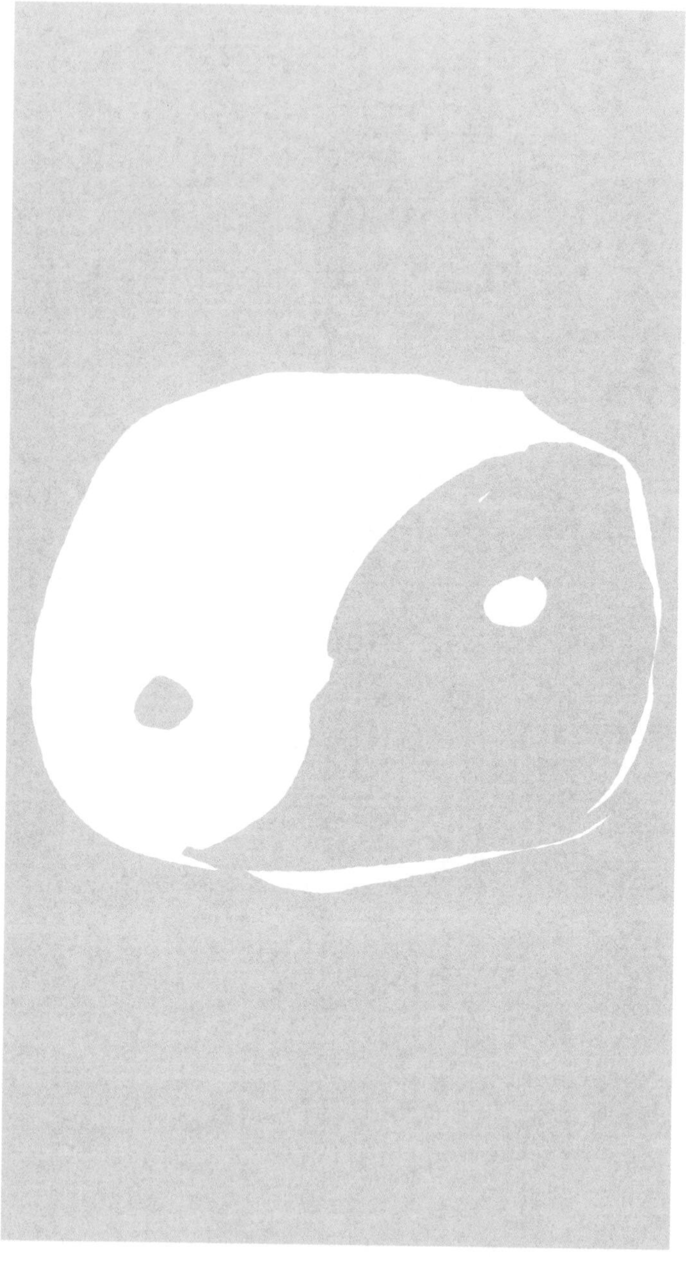

逃不過數嗎？

中國傳統文化中有一門玄學，最早的就是對《老子》、《莊子》和《周易》的研究與解說。這三部遠古年代即問世的巨作，從生活的、科學的、實用的、文學的角度去解讀，顯露的人類智慧真是高超而龐雜，難怪有人形容它們是上一個文明所遺留下來的。

不過，數千年前的文字與表達形式殊異，後來的人如果沒有持續深研，大多難登堂奧，無法理解其中的深義與智慧。反倒是應用在風水、算命、占卜、擇日、姓名學等等與日常生活較為密切的術數方面，一代代都有人潛心鑽研，各有創發，以至於現今談到中國的玄學，大家的印象好像只有「中國術數」了。而「術數」之說，彷彿也成了不少人生活中的顯學。

關於「術數」之說，最普通也最常聽到的是「一緣二命三風水」；它們被歸納為個人命運好壞的主要因素。

「緣」是一個抽象的概念，是一種人與人世之間無形的連結，中國人總是把很多無法解釋的事情歸於緣分二字，而且認為先有天定的緣分，才有其後被緣分所定的關係及發展；其中並有善緣與惡緣之別。也就是說，緣分的串連會造就一個人與周圍的人或處境的關係。

至於風水，似乎更神祕，卻也更具體。「看風水」，對中國人來說是天經地義的。人住的房子要先看風水，往生者的墓地也要看風水，我們從事建築設計業，會遇到各類用途的房子設計，百分之八九十都有風水的考量。還有的在競圖時請風水師來決定得標者呢！

香港的中國銀行，像一把劍一樣的矗向天空；英國的匯豐銀行，則在屋頂裝了個大砲形狀的洗窗機，這都是很有名的風水案例。

建築與風水的故事很多，多年來聽得多也看得多，真的要我說沒有風水這回事，我倒也不敢說。但我要向孩子們強調的是，將來有機會自己買房子或蓋房子，千萬不要怪力亂神，要考慮的風水是最好坐北朝南，陽光充足，格局方正，自己看了舒服開心最為重要。

陰宅風水會影響後代子孫福分，這也是中國人傳統的看法。祖先住的地方如果平安，則子孫平安；反之，如果屍骨不能順著自然演化為泥土，則可能殃及子孫，使後人不得平靜。很多人因為一直不順遂，會去探討家族陰宅的風水。

「生死有命，富貴在天」，這也是中國人的老生常談。既然人的命運是天定的，算命之術也相對的應運而生，而且方式還不少。各式各樣的算命方法，都標榜能替人趨吉避凶，預知命中會發生的事，並設法調節其運勢。

我與仁喜結婚的前夕去香港，母親安排我們順道去見她的朋友董慕節先生，他是著名的「鐵版神數」傳人。起先我也不懂其中深奧，以為只是去合個八字，這在中國人婚前大多會做的，我倒也不排斥。仁喜與我一身情侶裝扮，輕輕鬆鬆的如期到達香港鬧區一棟公寓去見董先生。在電梯裡我倆還開玩笑：如果不幸被他說我們的八字不合，我們還是一定要結婚的！

董先生長得像彌勒佛，笑咪咪的，說著上海話，招呼我先到他房間。我坐在一張書桌前面，面前擺了十二本書，整齊的排列著。他先問我農曆生日，我告訴他明確的日期，再問我時辰，我說好像是清晨。這時他拿出一個以前中藥店常見的木珠子大算盤，開始劈里啪啦的打，然後用上海話說了一個數字，譬如說三七六，就是第三本書的第七十六個句子。我記得我翻到的句子，都是「父蛇母虎先天定數」或「兄弟七人同父不同母」這一類要對號入座的句子。就這樣一句一句的翻，翻得我開始毛骨悚然，因為看到很多很恐怖的句子，例如「君家注定四旬零，數到黃泉恐不回」、「年華已盡大數已終」、「十事謀來九事空，年年蹤跡若飄蓬」、「美貌佳人雖共老，琵琶撥出斷腸聲」等等。當然也翻到好句子，例如「巧名巧利不逢而自逢」、「洋江之水伏龍蛇，家室康寧財祿多」、「以舉人而選知縣數而前定」……。還有「木年夫死小叔變成夫」這種離奇的戲劇化腳本。我當下發現，我的手一翻，翻到的可能是吉凶禍福四個字都有的人生呀！

如此前前後後翻了大概二十幾個數字，但是都不對，董先生就說要進行「考時定刻」，把我的出生時間推至一個時辰有八刻、一刻有十五分鐘的精細度，才可得出最精確的推斷。於是他開始就我的時辰逐一盤算數字，我也驚心動魄的翻了一句又一句，前後大概四十分鐘之久，終於出現了第一個吻合我的句子：「萱花蔭庇遮長年。」我回答：「是！」接著第二句：「椿樹風吹自在先。」我再答：「是！」至此，他算出我正確的出生時辰，依那時辰一路算下去，我的六親、父親過世的年代，親人的肖屬、個性、興趣等等，全都一一對應。但算到我的因緣時，又讓我嚇出一身冷汗。第一句是「一字記之曰 X」；X 是我以前男友的姓，算盤劈里啪啦打完翻書一看：「嫁不得」，我深深吸一口氣。接下來是「一字記之曰 Y」；Y 是另一個前男友的肖屬，他再翻書一看：「彩虹不久好景難長」！

這些都是過去式呀，未來還沒開始哩，董先生卻說到此先告一段落，「接下來的我算好寄給妳。」我難為情的說：「董伯伯，我下個月就要結婚了。」他看了我一眼，再拿起那把我眼中的「生死算盤」劈里啪啦的打。當時我只覺得發暈，仁喜坐在外面等，依照這款斬釘截鐵的字眼，萬一算出新郎不是他，該怎麼辦？我們是為了買結婚戒指才到香港來的呀！難道一個數字就替我們決定了天大的變數？……畢竟那時年紀輕，想著想著竟擔心得大哭起來，而那算盤還在劈里啪啦，誇啦誇啦！焦急的不知等了多久，他算出個數字，我顫抖的翻到一句：「一字記之曰兔」，心臟都快跳出來了；仁喜就是屬兔的呀！算盤聲音像機關槍一樣的在我耳邊繼續著，時間是停止的，我也像停止了呼吸，終於急著說：「董先生，怎麼樣嘛？」

接下來翻到的當然都是很好的字眼，我才能在這裡優雅的講這故事給你們聽嘍！

然後換仁喜進來，看到我臉色慌張又蒼白，還搞不清怎麼回事，我就抱住他大哭，好像跟他已分離了幾個世代。

仁喜也花了很久的時間進行「考時定刻」，也曾被那些對號入座的精準句子給嚇到。後來翻到「相貌生得端正，酷似令堂大人」，董先生抬起頭看了一下仁喜，仁喜回答說：「我不知道我長得端不端正，但大家都說我長得跟媽媽一樣！」接著一句：「現在高堂不是你親生娘，陰間屬豬你親娘。」對呀，仁喜的親生母親已去世多年！

於是董先生劈里啪啦擲地有聲的又丟出幾個號碼，六親都進來了，妻的姓，小八歲，也都翻到了。最驚人的是他又丟出一個號碼，翻到「設想周到華夷慕」，然後繼續撥算盤，再翻到「計出心窩體制多」，董先生停下來問仁喜：「你是從事設計工作嗎？」因為這兩句的第一個字湊起來是「設計」。

我們離開董先生那幢樓後，走在熱鬧的街上還恍恍惚惚的，到了文華酒店點了杯烈酒壓壓驚。

那只一翻兩瞪眼的算盤，著實把我們嚇到了！

後來我才知道，這套算命神數的緣起，據傳來自宋朝邵雍（邵康節）依他的數學思想體系所著的《皇極經世》，甚至說他是為了讓智識不高的兒子有養家活口的技能，才幫他設計了這套「簡易」的數學公式。而「考時定刻」是一項嚴謹的驗證程序，完成之後便會出現數學哲理的神祕體系，可以藉此解讀六親的情形及不同年齡會發生的事情等等，後來就成為以數理推論天地萬物人事變化的命書。

到滿清時代，有位道士名叫「鐵卜子」，用這套神數替人算命時加上我所經驗的由問命人直接翻書，因為出現的句子斬釘截鐵，讓許多人趨之若鶩。從此，此術變成一個神祕的術數；「鐵版神數」的「鐵版」，即是「鐵卜子版本」的簡稱。

我母親後來也去香港見了董先生，幫她算出最令人百思不解的一句是「回顧正秋月圓日」，下一句則是「正是少女傷心時」，居然有我母親的全名，還點出她年輕時我外祖母過世的時間是中秋節。還有個從事攝影工作的朋友去看董先生，他翻出來的句子之一是「鏡中留印證，似幻似真」。——古代還沒發明攝影術啊，實在令人驚奇。

另外有個朋友的故事更玄奇，他自己因事忙沒空去香港，讓太太代他去算，約好用越洋電話問詳略。董先生算出他的兄弟幾人的生肖，依年齡大小排下來都沒錯，哪知算到因緣伴侶時出現「一字記之曰玲」、「情婦雖有離合無常」！他太太在電話裡問台北那頭的先生對不對，電話一陣安靜，久久才吐出個「是」。據說那次算的「一字記之曰……」，總共算出三個他太太不知道的情人。

董先生給我的那份命單，在手邊已二十幾個年頭了。當初確實經過一番驚嚇，如今活過一圈，也看出算命的本質是過去一定準，未來僅能供參考，因為人世的變化是無刻不在的。

命理的巧妙，其實就在一個「變」字。我總告誡孩子們，就算你相信「命」是定的，也要知道趨吉避凶的道理。而且「運」有個走字邊，是會動的，要相信命運是可以靠著自己扭轉的。

其實中國人的術數運用，都是源自《易經》。《易經》以八八六十四卦展現人生的變化，有謂「閒坐小窗讀周易，不知春去幾多時」，自古到今，《易經》就是一個迷人的數學遊戲。很多人是越學越糊塗，或沉迷於其中，也有很多人被這些數字玩弄得作繭自縛。

《易經》強調變化，明朝著名的《了凡四訓》也強調人要相信自己的命運是可以改變的。這本書的作者袁了凡，因為經驗了跟我一樣的算命，連他該得到的俸祿多少都用袋米計算清楚，並算出五十三歲那年的八月十四日丑時會去世，而且膝下沒有子嗣。他百般應驗命單上戲劇化的起伏，發現他得到的俸祿跟算命說的不一樣，於是僥倖的想，可能是算命的算錯了；誰知朝廷管帳的發現少算了給他的袋米，把相差的數字補足後，竟和算命說的數目完全一樣，讓他終於死了心，知道自己無法逃脫命運的擺布。所以命單上的死期將至時，他去廟裡打坐，等著死神來帶走。廟裡的禪師知道了，就去點醒他：極善之人與極惡之人，命運是會改變的。於是他開始發善心，行善念，每天在功德簿上計算自己做了多少善行。結果他活到八十多歲，並且子孫滿堂。

《了凡四訓》的提示，也反映在很多我認識的人的故事裡。所以不管是緣、命、風水、命相、占卜，舉凡生活中的術數學，都會因著善心善行善念而產生變數，為自己的命途加分。所以我的結論是：「善有善報」如同一加一等於二，是數字的理論，也是鐵的定律，就是這麼簡單的祕密。

訓

恩愛夫妻

以前他出差，我會寫一張小小字的紙條「我愛你」塞在他的行李箱，

現在則先在藥袋上寫下大大的字：「緊急時吃一粒，含在舌下。」放進行李箱的最上層。

恩愛夫妻

好友陳玲玉與洪三雄的愛女結婚前，玲玉擬幫女兒做一本《叮嚀與祝福》的書，邀請她的朋友中公認為「恩愛夫妻」的好友為新人寫幾句話。我在電話裡聽到她的邀約，立即笑著問她：「妳認為我們是恩愛夫妻？這是大家的錯覺怎麼辦？」這個朋友機伶的說：「妳和仁喜如果能夠讓大家產生一輩子的錯覺，也是最高的婚姻寶典啦！一定要寫啊，我需要妳的建言。」盛情難卻，於是我寫了以下這一段給新人：

由衷的恭喜你們！在《浮生六記》裡，恩愛夫妻的定義是只求長相廝守，心相向，身相依，其餘世間事都看得很淡。多年來，我本也秉持這樣的信念在修行的……。

但仁喜叔叔虔誠禮佛後，因佛法認為世事萬物皆無常，我受這個哲理影響而改變了生生世世長相廝守的夢想，乾脆追隨他虔誠禮佛去。這是我「心相向」的一種抉擇！

And, it works!

心相向，在我們的婚姻中，成功著扮演著重要的婚姻技巧。

「心相向」，的確是夫妻間很重要的課題，也是我與仁喜共處三十八年來的相處之道；在日常生活中，不論曾經發生過什麼爭執，我們的方向都是相同的。

外國人講 Loving Couple，有愛有照顧的意思；恩愛夫妻，「恩」這個字，真是歷史悠久、經驗老到的中國人才發明得出來的字。現代人向西方取經，愛得死去活來，滿嘴甜心蜜糖的，卻忘掉老祖宗教導的這個「恩」字，它有感恩、報恩、恩德、恩惠的意思。

父母那一代共患難的夫妻，或是辛苦求生存的夫妻，他們的恩愛裡有淚水有汗水。我們這一代看瓊瑤小說長大的，小說中的情侶總要經歷波折或被迫分離，才能像牛郎織女那樣恩愛。我們沒有淚水汗水與波折，如何做恩愛夫妻呢？

我與仁喜結婚後，仁祿送了張桌子，我母親送了個冰箱，我們的兩人公司就開起來了。我們要自由快樂，不要小孩，每天在公司上班十四個小時，那時養的愛犬NORNOR在家常見不到人影。

當年的兩人公司，隨著時代與局勢起飛，如今已變成一百二十個人的公司。夫妻同在一個屋簷下工作，考驗的事可真多！累到快垮的時候，不是什麼患難與共，而是沒完沒了的忙碌相共。雖然沒有汗水，卻有一盆盆我氣哭的淚水。瓊瑤寫的愛情子彈，絕對不足以應付我倆爭執的手榴彈。至於爭執的事情，從芝麻到大象，林林總總說不完，我的愛情積分經常是負數。……

兩個人的公司擴大成一百多人，兩個人的家庭也一樣由小變大啦！當年說不要生小孩，命中注定DO RE MI三個陸續來，愛情是負數也沒什麼關係啦，三個可愛的寶貝為小家庭帶來了嶄新的人生，我們忙著學習怎樣為人父母，每天都有新的進展和太多要共同面對的課題。

熱熱鬧鬧的三十八年，想想這個「恩」字在哪裡。恩就是要對對方好，儘管我們表達與接受的方式可能不一樣，但他喜歡看我融入我愛做的事情，我也喜歡看到他做出好設計的神情。

他吝於說好話，對我少有甜言蜜語，我已習以為常了。我喜歡愛的花束，很希望收到他送我一束浪漫的花，暗示了很多次後，有一天他說：「後車廂有一束花是要給妳的，下車時不要忘了拿。」

就算是那樣的方式，從後車廂拿起那束花，聞到花香從鼻子鑽入心底，我還是高興得差點流下淚來。

既然要求的浪漫情調不可得，我乾脆自己去買花來插，居然也插出了點名堂，可見我給自己買了多少花。他看李安執導的張愛玲小說《色戒》後，問我女主角王佳芝為什麼最後那麼笨？我告訴他：你就是不懂女人看到愛情的鑽戒會有的化學變化！那也使我記起我們認識不久後，他就引經據典的告訴我，「鑽石事實上是一種礦而已」。所以我從沒向他要過鑽石，買各種材料自己設計珠寶，居然也設計出點名堂，可見我是如何理療自己所需要的化學變化。不過我還是很感謝他幫我設計了一個實用的工作室，讓我可以把浪漫的材料分門別類放在一起，有空就鑽進去把想要的做給自己。有時他會在工作室門口跟我揮揮手，也不打擾我，這是我們兩人之間極大的恩惠。

相對於我的浪漫，他是比較務實的人，送我的東西也都比較實用。譬如我喜歡吃冰，就買一個傳統的大刨冰機給我，我喜歡插花，就買很棒的花瓶送我。知道我愛狗，有一年母親節買一隻我愛極了的哈士奇給我。……

其實我最愛他的才氣，最喜歡的禮物是外面買不到的，譬如他親手畫的素描、油畫、一手好的字……。

他也是說故事高手，以前孩子小的時候，總把他們逗得從床上滾下來。如果他看完一部我沒看的電影或小說，總會條理分明的跟我分享劇情與對話精華，讓我在最短的時間內好像跟他一起看完，這對我是很大的精神享受。我也喜歡他的幽默，有時半夜醒來上廁所，一不小心想到他講的笑話，還會一個人在廁所裡笑出聲來。他的才氣，幽默，會說故事，對我也都是極大的恩惠。

仁喜對孩子的好也是沒話說的。從小給他們畫卡通，編故事，沒有缺席過一場 Parents Conference，每年寒暑假帶全家旅行，與孩子誠懇的對話，共議他們的未來。每個孩子入大學前，他都親自開車陪他們探看哪個學校合適，每次大約開兩千英里不以為苦。當孩子收到很多學校的入學許可時，他又再度陪孩子走訪，確定那所學校是適合他們的。他也經常對孩子們說：「今天爸爸請客！」……這些對我更是無價的恩惠。

三十多年前，我娘家遭變故時，仁喜對我說：「不要擔心，我就是開計程車也一定會把妳照顧得好好的。」幾年後他又跟我說，把我母親接過來，由我們照顧她好不好？我哥哥過世時，他去給我母親說佛法，帶著她與我走出傷痛；這又是何等的恩惠！

仁喜一向從容自定，不輕易流露脆弱的表情。有天半夜我們在誠品各自看書，約好一小時後門口見。那天我沒帶手機，低著頭坐在食譜區的角落地上看到忘了時間。兩個半小時後，忽見我阿姨與母親倉惶的跑到我面前，對遠遠的仁喜說：「找到了！找到了！」原來約定的時間到了，仁喜沒看到我，在誠品書店內找了一個多小時，竟沒發現埋首於角落的我，不禁聯想到各種最壞的狀況，急著打電話給我母親說：「任祥不見了！」母親與阿姨立即套上外衣直奔到書店，阿姨走得快，敏銳的往食譜區走，終於找到了我。那時，仁喜臉色蒼白的衝過來，頭髮都豎起來了，用手直拍著胸口。一向我不準時會被他責罵的，但那時他沒罵我，一臉軟弱的說不出話來，我窩在角落也嚇得不知說什麼好。那時有個聲音在內心裡對自己說：

「我一定要好好活著，他脆弱時好脆弱啊！」

那年二月，我們忙於接送小孩去參加西洋情人節派對，他就近請我在永和豆漿吃晚飯，沒有玫瑰、蠟燭，因為只有那裡有停車位，停他的愛車。蒼白的日光燈，把我的白髮與他的老人斑照得雪亮。燒餅油條的口味從來沒有改變，但愛情的味道確實隨著我們的年齡改變了。記得剛結婚時，晚上明明睡在他身邊，有時半夜醒來卻擔心他有一天會不會不見了，竟然因此大哭起來呢。

這麼多年後，愛情的旋律被他的鼾聲與我的磨牙聲震走了調，我們需要的養分從維他命愛情變成維他命恩情，最在意的事也從愛情多少變成血脂肪多少。以前他出差，我會寫一張小小字的紙條「我愛你」塞在他的行李箱，現在則先在藥袋上寫下大大的字：「緊急時吃一粒，含在舌下。」放進行李箱的最上層。以前會問愛情愛情在哪裡？現在會問廁所廁所在哪裡？愛情呀愛情，你真是靠不住的情人節大餐，抵不上永和豆漿的燒餅與油條。

今年結婚紀念日，我送他一個小包包，裡面有十張抵用券。抵用券的內容，前三張是初級黐舞一回、中級黐舞一回、高級黐舞一回，使用條件是每張間隔三個月到半年，但終身抵用；另外七張則是按摩券兩回、唸經迴向券兩回、任祥生氣抵用券三回。

這看起來像不像高中生玩的遊戲？如果我能給仁喜什麼恩惠，大概就是這種保持著不要隨著愛情老去的生活態度吧！

即使愛情的態度沒有老去，我們的身體也是會老去的。現在也許只是膝蓋痛，以後可能要拄拐杖、坐輪椅，然後耳朵半聾了，講話要大聲嚷……。到了那時，相互的照顧是不是還可以保有年輕時的幽默？會不會有一天你到醫院來看我，一進病房就大聲問：「妳今天大了沒？」護士會對你說：「有啦，而且顏色很好哦，軟硬也剛好哦！」也許你會細心的走過去檢查，走回呆呆的我旁邊更大聲的吼道：「好耶，漂亮，顏色好漂亮！水喲！」

也或許情況相反，我一早到醫院看你，第一句話就是：「你今天小了沒？」你點點頭，我又問道：「幾CC？」

愛情與恩情的對話，其實都是一條生命幻變的長路。那過程從凝視你的臉龐，握著你的手掌看你的生命線多長開始，然後細數你的白髮，關心你血脂肪的數據與舌下含片，再後來是互問大便有無與小便多少了……對於進入老年的我與仁喜來說，嚴厲的恩情考驗也許根本還沒開始呢！

然而，親愛的仁喜，有一天我不會說話時，並不表示我沒有感覺。如果你送花給我，我的心一定還會笑得像一朵怒放的花！同時，請記得我怕大聲，怕你不耐煩，要張好看一點的輪椅，不要小碎花的睡衣！

最後，我要告訴孩子們，恩愛的考驗是永遠的，有遞減的愛情元素，則有遞增的恩情元素，不要妄想超支姻緣簿上的總數字。在姻緣路上學著《浮生六記》的心相向，身相依，中國人所謂的「恩愛夫妻」，也就差可比擬了！

訓

爸爸的答案

剛開始靜坐的當下，心緒紛亂是正常的；

如果能察覺自己心緒紛亂，已經是一個好的開始。

爸爸的答案

二○○八年夏天，有天我們一家一起吃飯，三個孩子聯合提出一個問題：「爸爸媽媽，有沒有什麼特別的事是你們想要我們學會，但我們還沒有學會的？」

我毫不思索的回答：「有呀！可多啦，全在《傳家》這套書裡呀！」

仁喜則沉穩的說：「讓我想想看！」

二○○九年夏天，姚姚與ＪＪ從美國回台北小聚，暑假將結束要再赴美的前一晚，仁喜叫我和三個孩子到他書房。他佈置了五個人的位置，我們一一坐下。仁喜難得這麼「形式化」，我們以為有什麼大事要宣布，結果是給每人一個信封；打開來一看，信紙上寫著「回覆你們的問題：靜坐的練習」。——原來仁喜想這個問題想了一年呀！

然後仁喜說了一段開場白：

這不是一個宗教活動，我要你們學會的是建立讓自己靜下來的習慣。你們出門在外，每天紛紛擾擾的忙碌，永遠處在生活的漩渦中，久了就不容易看清自己的心緒，很多人因而無法面對獨處與孤寂，一定要跟著別人轉才認知自己的存在；漸漸的，你可能變成自己與情緒的奴隸而不自知。爸爸不能一直陪在你們身邊，卻時刻會擔心你們，我由衷的希望教會你們這一門簡單但需要持續的好習慣，請你們每天都要花一點時間做靜坐的練習。

仁喜的信上寫著：

奢摩他（SHAMATHA），其字義是「安住」

一、為何要安住：因為我們的心，散亂於各處。

二、它有何作用：讓我們的覺知銳利，思維清晰。

三、怎麼做：最好將它養成一個習慣；每次短暫而持續，約三至五分鐘。

七個重點

一、雙腿盤坐。
二、腰背挺直。
三、雙肩張開。
四、雙手置於膝上或交疊。
五、視線沿著鼻尖下望。
六、舌尖頂住上顎。
七、下巴微收。

仁喜還當場要我們坐下來照著做，檢查我們每個人的姿勢，並且再三交代：剛開始靜坐的當下，心緒紛亂是正常的；如果能察覺自己心緒紛亂，已經是一個好的開始。

這等了一年的答案，其實是一份極為難得的禮物。

我們的俗世生活，確實常處於紛亂之中，像一杯水不停的被攪和旋轉，難得一刻真實的靜，更不用說止。

我們確實需要不時的暫停旋轉，沉澱心情，才能回歸清靜，返見本我。

謝謝仁喜。對我們的孩子，這是獨一無二的人生好禮。——對我亦是如此！

仁喜被邀請在陽明交大二〇二三年的畢業典禮上致詞，他把畢業生都當成他的孩子，也借〈爸爸的答案〉內容，寫成一篇〈狂狷不羈，遊戲人間〉的演講稿。在網路上迅速的流傳起來，雖然他是寫給應屆畢業生，但我們孩子與我都深感受用，因此，我把此文也列入《家傳》之中以為傳家。

OLD MAN IN
KYOTO STATION
OCT '98

父母心

碎碎唸風鈴

有時候似乎需要有很多的擔心，才能換來一個安心，這種悲與喜的內心糾結，常常轉換成對兒女的碎碎唸。

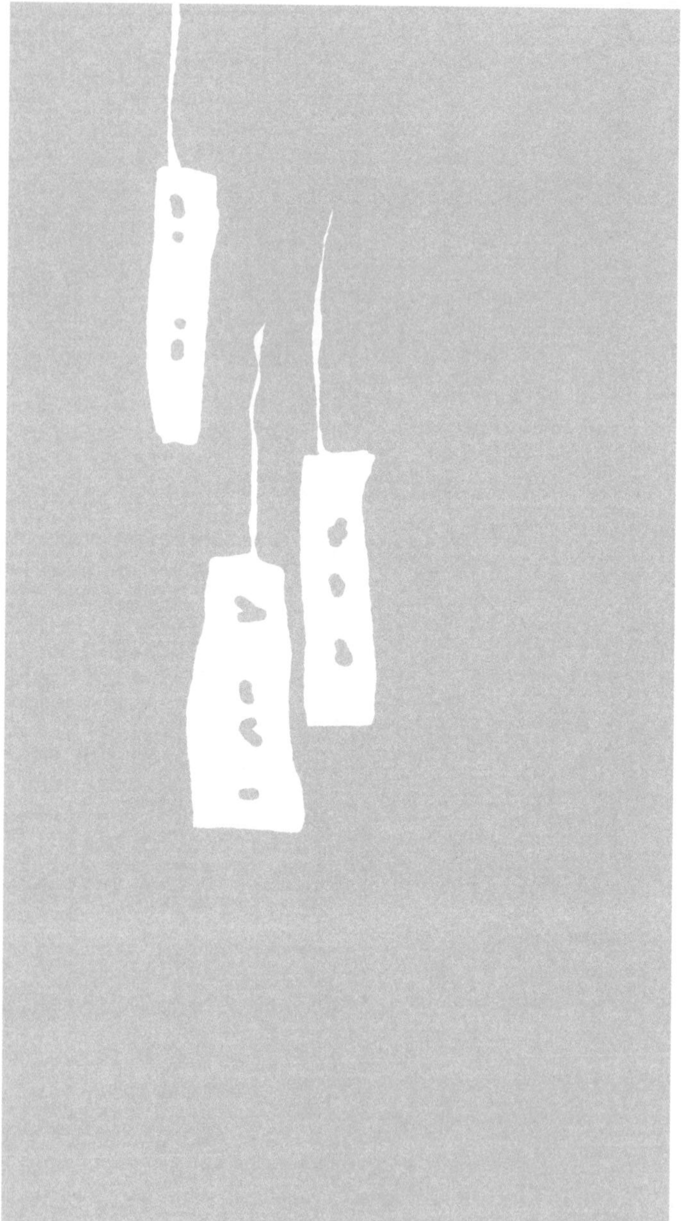

父母心　碎碎唸風鈴

每一個孩子的成長，都讓天下父母面臨各種程度不一的選擇、擔心、愛戀與不捨。有時候似乎需要有很多的擔心，才能換來一個安心，這種悲與喜的內心糾結，常常轉換成對兒女的碎碎唸，我把它設計在一個木質的風鈴上，當風吹過來時，木頭碰撞的聲音輕柔、延續、綿密，偶爾風鈴的紅線也會自己糾結纏繞在一起，像極了為人父母的處境。孩子們：父母親的碎碎唸，你聽到了嗎？

別凍著了！乖！聽媽媽的話！功課做了沒？背了沒？回來！外套帶著！離壞小孩遠一點！吃維他命！少吃糖！練琴沒有？小心！耳朵後面要洗！不要在屋裡跑！說謝謝！等下才到你！整理你的房間！衣服摺好！放回原位！記得媽媽的話！掛電話，吃飯了！穿得太露了！聲音小一點！你看著我說話！起來了！你給我起來！不讓你打電腦了！如果你不聽話！你去哪裡？什麼時候回家？說對不起！有一天你會明白的！以後你長大了……等你有自己的小孩時！有一天你會謝謝我！我說不！沒有理由，就是不行！你敢！閉嘴！乖！吃飯飯！吞下去！抓緊！我數到三！最晚到十點！十點了！求求你！朋友朋友你就只有朋友！我再說一次！這樣不可愛！別駝背！小聲一點！別哭了！換睡衣！回床上睡！親一下！不要忘了！我愛你！說請！作業寫好了嗎？給我檢查！怎麼還在看電視！早點回家！吃了嗎？都幾點了！去洗澡！別再上網逛了！動作快一點！動作慢一點！要遲到了！今天有沒有大便？菜都涼了！東西放好！整理一下！這樣子難看！去動動！洗把臉去！洗手！眼睛休息一下！趁熱吃！當心燙！嘴巴有東西不要講話！再一口就好了！乖！最後一口！你不要再問了！老師說什麼？考幾分？你有沒有聽見我說話？你再吃一口我就給你！看你冒冒失失的！戴口罩！多喝水！傘帶了嗎？吃藥了嗎？哪裡不舒服？打起精神來！背給我聽！你再這樣，我要生氣嘍！小心燙！不要在廚房跑！想吃飯或是吃麵？順手關燈！去罰站！你怎麼想的？拜託！別亂買東西！這題會不會做？

孩子們：父母親的碎碎唸，你聽到了嗎？

後記

狂狷不羈，遊戲人間

姚仁喜

我很榮幸今天來參加陽明交通大學的畢業典禮。在此，先恭喜二〇二三應屆畢業的所有同學，諸位今天終於結束了漫長的求學過程，即將步入社會，不再需要熬夜準備考試了！恭喜大家！我的三個小孩比諸位同學稍長幾歲，所以我也還記得在他們大學畢業時，我複雜的心情，因此，在此也要向在場既歡欣又焦慮的父母們，致上最誠摯的敬意。你們都辛苦了！

說到既歡欣又焦慮的父母，幾年前在我們的女兒、老大，要離家出國念大學的時候，我跟我太太這兩位焦慮的父母都有滿腹的叮嚀想要download給她。但是，我跟太太的個性及性向完全相反。首先，我們在性別上完全相反，除此之外，我是極簡派，「簡單純粹」是我的座右銘，而她卻是極豐派：請朋友來家裡吃飯，除了準備滿桌的食物，她還要送上禮物，才勉強覺得足夠。結果，為了叮嚀女兒，她動筆寫了這一套二十七萬字、厚達四冊的《傳家》，當然也給接下來也要出國念書的兩個弟弟；而我寫了不到兩百七十個字的一頁「爸爸的禮物」給他們，教導他們學會一個技巧，這個技巧就是「靜坐」，希望他們在人生地不熟的異鄉，能夠藉此而能在獨處時不感到孤獨；也希望他們在未來，能藉此培養「靜」和「定」的力量，來面對人生的任何挑戰。

幾年前，大兒子從美國德州 Rice University 畢業。大兒子跟她媽媽一樣，好客。當天晚上，他就要我在他朋友家裡做一頓晚餐，招待他吆喝來的十幾個同學。酒足飯飽之後，兒子突然說：「爸爸，你來教教我們打坐吧！」這時，所有的人都已經有點酒意（尤其是我），但是，熬不過大家的要求，我就找了一個房間，花了大約十到十五分鐘，解釋了怎麼打坐。之後，這些年輕人也就各奔東西了。我也就把這件事忘了。

三年後，我收到一封兒子轉來的 email，來自當晚酒後學打坐的一位美國白人同學，他在石油公司任職，工作令人羨慕，收入也很好。他說自從那天開始，他就每天靜坐，這個習慣改變了他的一生，所以寫信來感謝我。信中，他告訴我，由於打坐，他非常有收穫，其中，有一句話令我非常感動。他說他告訴別人，靜坐，就像是「跟自己去約會」(going out for a date with oneself) 一樣。他也說，他現在不僅自己打坐，也教別人打坐，他還寫了一頁的靜坐說明，最下面還註明：這是根據台灣建築師 Kris Yao 所傳授的。我收到信，對我這無心插柳的結果，感到非常窩心。

又過了大約三年，我再度收到他的一封信。他告訴我，他已經離開石油工業，現在搬去了 Colorado，成了專職的畫家！在他給我的網站上，除了許多大幅的抽象畫，我也看到了他的照片：他從當年穿西裝打領帶的 all American boy 形象，轉化成滿臉落腮鬍、極具藝術氣息的畫家了！從他的信中，我幾乎可以感受到他眼中所充滿的自信。

培養靜、定的力量，靜坐當然不是唯一的辦法。舉例來說，培養安靜讀書的習慣、與不聒噪的友人登山健行、去游泳、獨自燒一頓飯等，都可以培養這種力量。尤其在今天所謂的「注意力市場經濟」(Attention market)時代，我們的注意力都已變成商品。消費社會最不希望我們靜定，反而希望我們不斷地分心散亂，綁架我們的注意力。所以，大家不要輕易地讓自己被偷走了。我聽過許多年輕朋友跟我說，要「出去尋找自己」。是的，尋找自己很重要，可是，自己可能並不在外面，而是在驀然回首的燈火闌珊處，也就是在自己的內在。有了靜定的能力，就會有「自信」，就能不隨波逐流。這是我想跟大家分享的第一點。

我想跟大家分享的第二點，跟我的職業有關係，那就是美感。但我想談的不是時尚雜誌上的美，也不是藝術拍賣會上的美，而是跟我們非常貼切的，生活上的美。

舉例來說，大家現在三餐都常叫 Uber Eats。我想建議大家，不要食物一送到，就打開直接從盒子或塑膠袋裡吃。拜託，把食物好好放在盤子裡，餐具擺好，倒杯水、放好、坐下來，再開始吃。你沒有那麼忙。生活中的點點滴滴需要以珍惜、欣賞(appreciation)的態度來進行，以某種近乎儀式性的方式來進行我們日常的生活，能加強我們對生活點滴的覺知。無論是泡一杯茶、喝一口咖啡、看著一片飄落下來的枯葉、凝視路邊的一束花，或大口吃炸排骨都一樣，全然處於當下的經驗之中，就會讓我們有美的感覺。

現在的消費主義，無所不用其極地灌輸著你和我，告訴我們什麼才是美的，以致於在塑膠皮上印刷幾個字母、非常醜陋的皮包，也讓大家趨之若鶩，大掏腰包，甚至還讓沒有同樣包包的人自慚形穢！

同時，盡量拒絕使用罐頭情感的語言或 emoji 表情符號，也是讓我們發展覺知的必要方式。所以，下次，有人用簡訊跟你說他一胎生了八個小孩時，寫下你真正的感覺來回給他，不要用一些免費而醜陋的八個表情符號回給他。

擁有自我覺知、體會生活上的美，才能從消費主義所操控的美感概念解脫出來，才能達到「自由」。

最後，我再說個故事。我的孩子們小的時候，有時候會玩大富翁。有一次，玩著玩著，大兒子JJ玩到幾乎沒籌碼、快要脫底了。他的姊姊跟弟弟調侃他，說：「你快要窮到沒飯吃了！」JJ個性多愁善感，聽到這個，突然悲從中來，真的大哭起來。他把遊戲當成真的了。

但是，我們也都把遊戲當成真。哈拉瑞（Yuval Noah Harari）在他《人類大歷史》這本書中，提到「集體虛構的想像」這個概念。基本上，他說，我們智人（Homo Sapiens）有一個物種的獨特能力，就是會集體相信，並且會努力去從事虛構出來的想像。在一次CNN的訪問中，主持人請他列舉有什麼是這種集體虛構的想像，他回答說：「一切。」是的，一切。舉凡民族、國家、經濟、正義、公平、神權、人權……一直到大富翁，都是人類虛構出來的，然而我們傾注所有的時間與精力，鍥而不捨地相信、從事，不斷強化而無法撼動。

他舉了美國〈獨立宣言〉做為例子。這篇被奉為民主圭臬的文本，其中最著名的「每個人都被平等地創造出來，造物者賦予他們若干不可剝奪的權利，其中包括生命權、自由權和追求幸福的權利……」哈拉瑞將這句名言之中，所有所謂的「集體虛構的想像」去除之後──這些「集體虛構的想像」包括：被創造、造物者、賦予、不可剝奪的權利、自由、幸福等，而純粹只用生物學的事實來描述的話，會變成：「每個人演化各有不同，出生就具有某些可變的特性，其中包括活著和追求快感……」。可是，〈獨立宣言〉卻是多數人認為讓人們可以提升合作效率、打造美好社會的基礎。

然而，諸位不要誤會。雖然是集體虛構的想像，但我們還是要誠心以赴，認真從事，因為我們別無他途。只不過，在這個過程中，我們要隨時提醒自己，這一切，都只是遊戲。就像在座的父母親，在你們幼年時，跟你們玩沙城堡的遊戲：這裡有公主，那裡有鱷魚，英俊的王子從這邊騎馬而來……他們知道這都是虛構的，但他們跟你們一樣認真地玩，一樣地開心。

諸位從今以後步入社會，會要面對很多挑戰，有些時候會過得很開心，也有些時候會過得很辛苦。但是無論如何，隱隱約約地知道這都是一場遊戲，會讓我們「自在」，也會讓我們對所有從事這場遊戲的夥伴——不論他們知不知道這是一場遊戲——生起同理之心，甚至利他之心。所以，以遊戲之心面對生命，讓自己活得更自在，是我要跟大家分享的第三點。

古人說：「狂者進取，狷者有所不為。」我們能靜定，就能產生自信；能覺知美，就能自由；能知道一切都如遊戲一般，就能自在。能夠自信、自由、自在，就能狂狷不羈、遊戲人間。一個社會缺少狂者，就會顯得溫吞；缺少狷者，就會充斥鄉愿。遊戲人間不是遊手好閒，更不是狂妄自大，而是志氣高昂、灑脫豪放、無拘無束、勇往直前地面對人生。

以此，跟大家共勉。願你們都有最美好的前程。

後記

阮的牽手

姚仁喜

好多年來，任祥總是遺憾於中國人精緻的生活藝術，常被外國人認為等同於散布世界各地的 China Town 景象：雖有異國多彩而熱鬧的氣氛，但卻是庸俗、廉價而髒亂。中國文化的精緻，似乎只存在於過去的歷史或博物館裡，而不存在一般人的日常生活之中。雖然她不是個文化學者，卻深深地把匡正這種錯誤的理解，當成自己的任務了。我受的美學訓練，也不能忍受呈現在眼前的俗麗，但是任祥卻把這種不能認同的心情，由遺憾轉化成了一種動力。縈繞在她心裡的，是一種重大而且迫切的使命感。

任祥善於製造氣氛，更善於塑造家庭的向心力。她想出很多節目，讓全家相聚的時候，有共同的興趣與樂趣。我們家人都喜歡動手「做東西」，兒女還小的時候，週末假日，全家人都埋頭於自己的創作：畫畫、書法、勞作、設計……，因為任祥準備了我們唾手可得的場地和素材；她也藉傳統的節慶，主持整個家族的聚會，凝聚了家庭的價值，互動之外，也帶給了家人喜悅。

結婚二十五年來，她把每年的時節禮品都當成大事，親自設計製作每個春節、元宵、端午、中秋的賀禮，還有聖誕節的卡片。節節相連，沒有一次缺席。在這之間還有她自己做的首飾、陶器、家飾或各種突發奇想的物件（有時超大！），再加上親朋好友的生日禮物、結婚禮、滿月禮、辦宴會……不一而足，她常為了滿足別人，樂此不疲。

手工藝，是她最大的喜好，如果可以透視她的腦袋，一定又是一個個正在成型的工藝品。她不像一般女生喜歡名牌或珠寶等東西（大概知道我也負擔不起），有一年生日快到，她竟然問我說：「可以不可以送我一台沖床機？」我問她要什麼車子，她會回答要部卡車；她的工作室是個奇觀，說它是個地下工廠一點也不為過：除了各種原料、半成品、完成品外，新的材料也不斷湧現，還有攝影器材及設備、電銲、沖床、雷射切割……。當然，隨著這一套書的進展，這個「地下工廠」也悄悄地蔓延了我們整個家。更誇張的是，她要寫雞蛋，就自己養起雞來，還搭配了一隻公雞作伴，每天早上四點半就叫我起床打坐；要寫香菇，院子角落就出現了滿滿的種香菇的樹幹；要寫蔬菜，我的佛堂外面清靜的露台一下子就種滿了各式各樣的青菜；要做豆腐乳，則從磨豆到養菌種。我在擔心不知道什麼時候她寫到牛奶，哪天回家會不會看到一隻乳牛在院子裡？

我做建築設計，雖然不屬於所謂的「極簡派」，但是「能一就不要二」是我的原則。任祥卻是「極豐派」，凡是任何東西，她都要以最最豐盛的方法去鋪陳。比如插花，我喜歡一色單純的幾朵，她卻喜歡在我們小小的客廳弄出一個比旅館大廳還盛大的盆花才罷休。我們兩人都愛燒菜，請朋友吃飯時，都還要互相搶做大廚，每次她主廚，出的菜量至少是我的三倍之多。多年以來，我終於參透了在她這種個性的背後，事實上是一顆慷慨寬大的心，更是希望諸事圓滿與盡興無缺的心願。

任顯群先生──我極為景仰但無緣謀面的岳父，在眾所皆知的冤獄中，曾經編撰過一部中文字典，用他的部首查詢法查不到「難」字。任祥遺傳了她父親的這項特質，在本書中展現無遺。比如要介紹米食麥食素食葷食，她以鋪天蓋地的手法，把所有的食材、各種的烹飪方法、加上各種形式的變化，在她能力所及的範圍內，都要全盤融入。在這套書裡，大家也可以看到各式的冰品、蜜餞、麵食、出版、成語、禮儀、中藥……要不是篇幅有限，這套書一定終會發展成中國生活的DK。她以沒有「難」字的精神，提供近乎百科全書的內容，就是她照顧這些題材最切身的關懷。

「堂堂原東質」，這是一位長輩曾經用來形容任祥用的詞。有財經巨擘的父親任顯群，還有京劇第一青衣祭酒的母親顧正秋，任祥在一個濃厚傳統中國文化氛圍的環境下成長。由於這個獨特家傳的關係，她兒時的生活充滿了上一代各種精彩人物的故事，加上她對人與事特別敏銳，點點滴滴更豐富了她所傳承的生活智慧。我們三個小孩受的是西式的教育，加上我自由叛逆的傾向，她就只好獨力負擔起我們家裡文化傳承教育的任務了。從兒女們小時候起，她就不斷地見機而教，告訴他們中國人做人做事的道理。然而，在這個時代，這是一個辛苦的過程；傳統價值和現代習氣不見得相容，我也看得出在她自己心中的掙扎，不過，她還是扮演了傳統價值最佳的中流砥柱的角色。

有一次我們全家在歐洲旅行，有一段約六小時的火車旅程，一家人坐在事先訂好的小包廂裡。當大家都坐定，正想看看風景、好好輕鬆一下時，她從包包裡攤開了一大張預先準備好的中國與西洋歷史對照卷軸，希望孩子們把參訪的古蹟與旅行中聽到的歷史故事，在這一張她自製的世界歷史大圖上，產生一個跨越時空的知識連結。這個誇張的動作，被我們其他四個人嘲笑到今天，但話說回來，我們的女兒最後卻是以三年就拿到了歷史學位。

大女兒姚姚去上大學之後，任祥真正下了決心要把這本書出版出來。我們有個很緊密的家庭，不論做什麼，全家人都要相互關心。姚姚必須離家上大學時，這位母親就從美國西岸駕車載著女兒，開了三天三千英里的路，路途中跟她做離家之前最後的叮嚀。回到台北後，任祥終於把這套書的終極目標定下來了——「傳家」。她要把她所知道的中國人的生活智慧，完完全全傳給我們的下一代；而為了讓這些網路世代的年輕人有興趣接受這套書，配以大量精美圖文並茂方式呈現也就定調了。現在，大兒子JJ也已經到美國念書，小兒子小元也即將出國，他們三人一定是這套書的第一批讀者。他們是幸運的：有這樣的母親送給他們這份滿盈心意的傳家之寶。然而，我也知道，這份傳家之寶是送給許多人的：許許多多珍惜我們世代相傳、獨一無二的文化智慧的人們。

這套書是任祥多年心血的結晶。它從最早迫切地要告訴外國人中國文化不是他們膚淺的理解，轉換成一位母親對下一代娓娓道出應該珍惜的文化傳承。對她而言，也是一段峰迴路轉的心路歷程。去年，我們有幸跟著佛教老師宗薩蔣揚欽哲仁波切到喜馬拉雅山中的小王國不丹做五天的紮營登山之旅。那是一次極具體力、耐力與精神挑戰的旅途：雖然風景動人、如同世外桃源，但是天候惡劣，路途更是艱險辛苦。任祥從來就不是個愛運動的人，體力也不好，所以每天那約二十幾公里的上山下河，她走起來特別辛苦。那五天，我看著她雖然步伐緩慢而艱困，但意志卻堅定而不放棄，一步一步，終於走完了全程。

這正是她編撰這套《傳家》的寫照。

姚仁喜

二〇〇九年十二月

二年之後

二〇一三年十一月

她的嗜好

姚仁喜

二〇一〇年《傳家》繁體版出版之後，所造成的影響超出了所有人的預料。這部書不僅在兩年內，為法鼓大學募集了新台幣七千二百萬元的款項，簡體版則在不到一年的時間，在內地銷售了九萬套。它廣受台灣、大陸以及海外華人的驚豔與喜好，迴響熱烈。《傳家》繁體版未曾在任何書店上架，僅以網站與事務所同仁們的協助，就這麼一冊一冊地發送到一個個讀者的手中。再度地，任祥顛覆了出版既定的思維，書出版前，專家們認為做不到的事，她全憑一股宏大的願力，一一達成，跌破很多人的眼鏡。書出版之後，除了電視節目訪談、報章雜誌報導之外，她成了擁有眾多粉絲的名人，還有從世界各地慕名而來的人們，希望前來一窺我們的家庭農場與地下工廠……

由於這套書，任祥與許許多多的華人結下了一個大緣。

書出版後不久，任祥開始動手收拾這個五年以來由簡入繁、堆滿了各種物件——包括植物、動物、無生物——的家。她把雞隻送回了宜蘭鄉下的農場，把種植青菜的紅酒箱大量地減少了，也將許多參考書籍裝箱，許多圖表、文稿、繪本也都一一收拾乾淨，我們家漸漸地又恢復了「建築師之家」那種「家徒四壁」的清淨，我心中暗自高興，終於我又可以回復到往昔「純粹」的空間了。但事實並非如此。

大概《傳家》出版後的第三天起，任祥其實已經開始規劃她的修訂版了！所有這些清理，是為了下一場盛宴！更多的內容要加入修訂版，因此有更多的研究工作要做，她要把中國歷史以一張彷若「時光機器」的圖樣完全表現出來，其中還要記錄所有重要的歷史事件！她還要加入我們的成語諺語、音樂與樂器、中國繪畫的一覽表，更企圖把古文物與中式傢俱重新一個一個畫出來，因此家中迅速地又堆滿、掛滿了各種資料、圖表與書籍。加上我不小心說了一句話：「現在都吃不慣外頭的青菜了，只喜歡家裡種的……」導致任祥決心所有的青菜都要自行生產，如今，我們家裡所有的戶外空間，只要是平面的場所，除了足夠一人寬的消防逃生通道之外，都被種植的青菜所佔滿。

諸位可以讀到，所謂「修訂版」增加的內容，事實上是一本新書的分量！這兩年之間，除了修訂版所需要的研究資料充滿整個屋子，還有一堆新書稿也貼滿了家中的牆壁。至於這本新書是什麼內容，容我在此賣個關子，暫不透露，因為，老實說，要我說我也說不清楚，感覺又是一個無邊無界的創作，天曉得她會玩到什麼地步。

早些年，任祥這套書的初始構思，是要導正外國人誤以為中國人的生活文化就是「唐人街」的俚俗文化而來的。後來，她轉變了。她以一位承載中國文化的母親，以「傳家」的精神來寫這一套書，希望能把我們的文化寶藏傳遞給下一代。繁體版與簡體版《傳家》接續出版後，好似喚起了許多人共有的壓箱寶一般，任祥得到很多讀者的回饋，其中許多都令人動容。例如：有個爸爸每天唸一篇幅《傳家》給他的孩子聽；讀者傳來他們做的手工藝；原本不想生孩子的父親來信說想生孩子來傳家；有幾位在上海的母親，以《傳家》做為教材，帶領著一群孩子Home Schooling……我也曾在出差時，在一家武漢的書店裡，看到一本已經被翻閱到散開的《傳家》。從這些迴響中，我們看到在這消費主義、物質主義、個人主義愈趨極端的時代洪流中，有那麼多父母與任祥抱著相同的心情，急切地想把整大包的文化資產存入下一代孩子的生命帳戶之中。

任祥跟我都好客，所以常請好友們吃飯，但是每次客人來，任祥都還送一些禮物給客人。剛結婚不久時，我常納悶，為何請人吃飯還要送人禮物？後來我才理解，其實任祥就是喜歡送人禮物，你可以說，她的「嗜好」就是送人禮物——各種大大小小的創意或年節手工藝品。《傳家》的出版，她將所有繁體版的收入完全捐出，個人分文不取；簡體版則為了請出版社降低售價，她也完全不收版稅。任祥把她努力的成果、她的喜好，做成一份《傳家》大禮，送給了所有喜好中國文化的人。

女超人媽媽

姚姚

距離為第一版的《傳家》寫信給您，已過了兩年的時間。做為您的寶貝女兒，我真不知道該怎麼樣才能讓您明白，我是多麼的為您感到驕傲。您為《傳家》所付出的努力與堅持，單打獨鬥地將原本珍視的智慧缺口填補，不只感動了我們一家人，更讓居於海外的許多華人心裡得以有所共振。您的書連結起了許多人，讓他們想要回「家」！許多華人在維繫自己的認同感以及中華文化的知識時，經常遭遇到很多的困難，您的書，正巧讓他們能以圖文並茂的方式親近自己的文化，重新思考其中的意義與珍貴——我猜想兩年前的您絕對沒有想像到《傳家》可能引起如此熱烈的共鳴吧！

去年農曆新年，我翻閱著《傳家》中的〈火鍋〉篇，照樣的做，與外國朋友一起分享慶祝，讓他們知道我們的圍爐多麼有趣。我現在也做得出奶奶家的炸醬麵或小阿姨的清蒸魚呢！而我自己談食物的部落格，更常常應用您書中的「味覺羅盤」，很好用呢！

在我們幾個小孩眼裡，您的種種成功也不是太難以置信，畢竟我們知道您是個超級能幹的女超人：只要您決心要做，世間少有您做不到的事！在我房間桌上有一個愛心形狀的氣球，裡面有著柔軟的紅羽毛，每次我看著它，就想到那是我七年級時，我倆一起去逛街，這氣球懸掛在一家店的櫥窗，我驚呼它好可愛好可愛，您走進去問老闆多少錢？老闆回覆那是非賣品，您毫不思考的下一句話是：「那你可不可以送我？」那老闆看到您那堅定決心的臉孔，也就送給我們了！這麼多年來，您為了我們三個孩子的教育，展現過的大小決心，當時我總覺得太誇張或太嚴格，現在自己在外獨當一面或與人接觸時，也才體會出當時您的用心。最明顯的是您教育我要有「隨手」的習慣，讓我比很多人顯得潔淨有效率，這真是被您罵過多少次，糾正多少年才長出來的好習慣。

這兩年來，您讓我敬佩的，則是在《傳家》得到那麼多的肯定後，您依然保持著一如往常謙卑的生活態度與價值觀念。除了變得更加忙碌之外，您絲毫沒有改變，依然是那個我們能夠隨時依賴指望的媽媽。

每當我們通電話時，雖然我總會聽到《傳家》邀約的義務工作，或是相關新的工作方案，但我知道您仍是一貫的需要到公司打理大小事務，為了幫同事打營養果汁傷腦筋，修理家裡的漏水工程，跟我們家菜園裡的蟲蟲作戰，幫朋友辦演唱會設計規劃，或是安排家人的旅遊計畫……當然，還少不了要協調家裡那群狗兒的情緒問題。

在得到了外界那麼多的注意與敬佩後，您並沒有改變，您依然是我們的好媽媽，是個讓人信任的朋友，也是個努力持家的妻子。

親愛的媽媽，謝謝您時時刻刻提醒著我們身為華人該有的精神，要飲水思源，要感恩謙卑，更讓我們理解到生活在事業成就以外，不能忽視人生中重要的環節，而且需要細心守護著它們。

我們的養分與優勢

JJ

從小生長於美國與後來在台灣唸國際學校的我，是個別人眼中典型的ABC（American Born Chinese）。

很多人對於「ABC」這個名字有一種既定被「漂白」的刻板印象，認為所有的「ABC」是長期失去了中華文化薰陶的小孩，因久久生活於別的國家，進而失去了對原生文化的認識與尊重。

很遺憾的，這個印象，確實存在於美國的華人社會之中。

我則有著不太一樣的際遇。尤其在上大學後，才自朋友們的身上看到自己是多麼的幸運，除了擁有一位孜孜不懈地教育我的母親外，我總以能在台灣成長為傲。不論是開口說中文，或是品嘗美味的中國料理，我通通都不落人後。

二十幾年來在家庭的教育之下，有機會接觸中華文化的薰陶，所以對於《傳家》這套書裡寫的東西，才會並不陌生也有所心得。由於這樣特殊的成長背景，讓我發現我和美國的許多的ＡＢＣ朋友們有些不同，對於文化上的牽絆較深，對於自己民族精神的定位也能夠感覺比較明確。

《傳家》這套書影響了我在大學認識的一位要好的朋友。她的家庭來自中國杭州，而她則自小生長於美國的佛羅里達州，鮮少有機會近距離的認識自己民族的歷史與文化。在朋友圈裡頭，她總是被嘲笑「已經被漂白」，因為就連我們非華人的朋友，都看得出來她與自有文化的隔閡，而且已經喪失對自身身分的認同感。

因此，當媽媽為了《傳家》到德州來演講的時候，我邀請這位朋友和我一起去聽。媽媽的演講，從平易近人的中國美食開始，講到節慶的由來，漸漸引申至文化傳統與精神，還有我們所擁有的藝術文化底蘊為何等等。

我的朋友深深的被這麼龐大的資訊震撼到，她想要更進一步去了解，並深入探掘其中寶貴的訊息。《傳家》不僅讓她認識了這樣的精神，也鼓勵了她去更深度地理解做為一個中國人所代表的種種意義。

《傳家》所叮嚀的，是身為華裔後代所該知道的自身血統所具有的資產價值，而這正好是美國普遍的ＡＢＣ鮮少有機會理解的智慧。

兩年間，關於這套書的成功，我可以滔滔不絕地繼續說下去，包括這套書為法鼓大學所累積的捐款，甚至光是這套書在過去一個月所創下的銷售成績。但是我想，這套書最珍貴的成就，其實是對於我那位ＡＢＣ朋友的影響與鼓勵。

《傳家》不只傳給了我們家三位幸運的孩子，我的好朋友，還有成千上萬我不認識的海外的ＡＢＣ，或是住在深圳、上海、成都……的學生們，讓他們都能夠認識自己文化背後所蘊含的傳統與精神，更完整地認清自身的養分與優勢。

媽媽的單純動機

小元

很高興《傳家》要再版了！更開心聽到《傳家》將要有英文、日文的版本。它是一份很棒的禮物，可以想像它將燃起更多人對於中華文化的認知，或是好奇，抑或是驕傲。媽媽對於這套書的堅持與憧憬早已超過了任何人的想像，也讓這套書超越了我們這個小家庭的框架，影響了所有新生代的莘莘學子，更讓這世界得以用一個嶄新的角度去檢視與尊重我們的文化。

當初媽媽製作整套書的單純動機，只是出自於一位母親對兒女們生活教育不足、對自身認識不足的擔心。媽媽最激勵我的地方是，她的認真投入和無私奉獻。我總覺得這套書跟一般的書不同，因為它不只是一個作者醞釀多年的傑作，更是天下做為母親永遠放不下心的那份叮嚀。母親的叮嚀，沒有止境，是兒女們無法體會的，所以這套書，永遠似乎還有更多的話要說，好像是不會有完結的一天。

首版《傳家》順利出版後，以為媽媽會停下腳步稍微歇息，但她竟變得更忙碌，把握每分每秒去完成各種嶄新的企畫案。在美國唸大學的我，總在讀書累了的時候，跟媽媽打電話，也常常接到媽媽的電話。在關懷我的生活之餘，媽媽會跟我講述她新的企畫，有些還在構思，有些快要完工。她會抱著電腦，走到作品前，對準電腦上的小鏡頭講述給我聽，偶爾會加上一句：「你要用點想像力來看！」每每我還來不及消化，她又會展出下一個作品，我跟不上媽媽的思維，只能讚嘆於她停不下來的腳步。

我這麼說可能感覺自誇，但在我眼裡，媽媽真是一位慈母的典範。她給予的愛與耐心超乎你我可知的範圍，因此，我想她為眾人扮演母親這個角色，竭盡所能做的努力，一定能感動你。在你閱讀這套精心編輯的《傳家》的同時，請記得：這不過是她對中華兒女諄諄善誘的冰山一角，這位母親，還有更多持續的叮嚀，等著和你分享。

十二年之後

二〇二二年八月

心語

姚仁喜

《傳家》在台灣出版繁體中文版後十二年、在大陸出版簡體中文版後十年的這一段時間內，這套書受到了極大的歡迎與迴響。除了繁、簡中文版在國內外廣受好評之外，這十二年來，就《傳家》而言，最艱巨也是最重要的工作，就是向國際推廣《傳家》所代表的中國文化。經過任祥多年努力不懈，歷經多年的跨國合作，終於在二〇二一年由英國的HarperCollins出版社推出了英文版本，而日文版本也正由日本的法政大學著手翻譯中，預計不久之後就會出版。

任祥當初決心撰寫《傳家》的原因之一，是為了讓國際社會對中國文化有正確的認識，所以在中文出版後，她就毫不遲疑地投入了安排英文翻譯的工作。我自己做過一些英翻中書籍的工作，對於翻譯稍有了解，因此我一直認為：《傳家》要翻成日文可能還辦得到，因為中、日文化及語言相近，但是，要把《傳家》翻譯成英文不僅艱巨，幾乎不可能。它有太多文化上、歷史上無法直接翻譯的內容，所以我勸她只要摘取重點，以英文來敘述就好，至於元宵燈謎、習俗禮儀、二十四節氣、歷史事件、醃蘿蔔及豆腐乳怎麼做、醋為什麼是酒放置二十一天之後的成果……這些，就饒了翻譯者，也饒了外國讀者吧。

當然，這個勸說是徒勞無功的。任祥還是以她一貫鍥而不捨、永不放棄的堅定態度（俗稱「固執」），勇往直前，就是要把中文《傳家》原封不動翻譯成英文「傳家」。

然而，英文翻譯果然不易。任祥嘗試了好幾位國內、國外的翻譯家，歷經幾年，都不順利，眼見就要擱置了；但是，她承襲了我岳父編撰的字典中沒有「難」字的精神，天助自助，最終，經由HarperCollins的投入，以及其他因緣的成熟，任祥終於組成了一個又專業、又積極的團隊，把這一套巨著翻成了英文，於二〇二一年底，在英國與美國陸續問世。

出版《傳家》英文版《The Art of the Chinese Living》，是任祥一大心願的實現，我們全家都為她非常高興。我對於這位「牽手」的決心與堅持力，有了更新的認識，也更加敬畏了——「敬」她的毅力與堅持，「畏」，是希望她下一個目標不是要把《四庫全書》翻成六國語言。

《傳家》這一套書，事實上有很多面向。它有類百科全書的資料性內容，有她自己在生活上對文化的體會，有食品的知識與食譜，有對中國文化美學的詮釋與呈現等等。其中，最具獨特性、最帶有作者深厚的情感與生命觀、價值觀的，就是貫穿全書一系列的「心語」。這是作者做為一位深植於中國文化，生活在世紀交替的台灣，親身經歷而且發自內心的關於家庭、親情、歷史、信仰等真實而懇切的感言。我一直認為這些文章是《傳家》中最珍貴的創作，也是一篇篇引人入勝的溫馨散文。遠見天下文化決定將這些文字結集發行單行本，對愛好《傳家》文字的讀者來說，應是大好的消息。

自從任祥動念撰寫《傳家》一書，也已匆匆過去近二十年了。在這二十年之間，《傳家》從一部書發展成她的一個志業，她隨時隨地都在為了修訂、增添內容而蒐集資料、費心思考如何與廣大的讀者溝通。也因此，一個當初為了讓女兒出國不要忘本的單純而堅定的初心，如同漣漪一般，一直向外擴散，與喜歡中國文化的人結下了一個大緣，我也相信，這些人會以各自的方式再往外擴散，產生更大的迴響。

永遠年輕的媽媽

姚姚

時近夏天尾聲，我重新翻閱《傳家》的秋季冊。再次重溫外婆寫的前言，她描述媽媽，從小就堅定而熱切地投入一件接著一件的事情。她富有感染力的個性，加上燦爛的能量，總能激勵他人加入她的行列，這正是媽媽身上最美好的特點之一，也是她可以成就這麼多事業的原因。

過去十二年的時間裡，她更是發揮了這項特點，將這部中國文化的導覽之作譯成英文，完成橫跨東西語意隔閡及風俗壁壘的艱難挑戰；她還說服了插畫家及眾多作家，共同參與了她另一套《台北上河圖》的史詩級出版企畫，這套書詳述台北的獨特風土人情。

而更有趣的插曲，是在她六十歲生日時，爸爸與我們三個孩子建議替她慶祝的方式是舉辦了一場名為「永遠年輕」的專業級演唱會。這建議嚇壞了她，起初抵死不從；但在爸爸與我們三個孩子連續的策動下，邀請到媽媽的老友李宗盛大師來助陣，她於是勇敢的接受這個動過肺部手術後的挑戰。這場演唱會動員了旅居各地的家人，我們在網路上練唱二十二首歌曲，連我這個完全沒有遺傳到母親音樂基因的烏鴉也上了場！

當天除了在媽媽的兩百五十位親友面前，我們做了專業級的演出，她還用盡所有的心力趕工，把這活動同時變成了《台北上河圖》的新書發表會。這真的是只有「永遠年輕」的媽媽才能辦到的。

閱讀媽媽紀念外婆的文章，我想起了外婆雖然歷經困頓與不幸的遭遇，仍然成就非凡。外婆在思鄉與悲痛之際，依舊在她的生活與戲劇上風采爾雅，從不外露她內在的掙扎。外婆撫養媽媽長大成人，也將同樣的價值觀灌輸在她身上，嚴格要求即使內心掙扎，外在表現仍須維持尊嚴與平和。

媽媽也用同樣的方式教導我，雖不可能像外婆對她般嚴格，卻讓我感覺跟別的同學比起來，總有紀律比較多的差別。我清楚地記得，在我十幾歲時某次發脾氣之後，媽媽淡然而堅定地說，她只靠著自己和吉他度過整個青春期，情緒從不曾失控過。

除了無窮的精力與耀眼的魅力，母親以優雅的態度來面對各種困境，也是她最鮮明的人格特質。

在過去十幾年中，她兩次罹癌；在那一段艱辛的療程中，我從未聽到她吐露過任何抱怨，也沒有展現任何萎靡不振的神情，尤有甚者，病情也不曾阻撓她的堅定腳步，持續推動著手頭上的工作，謝天謝地，最後她恢復了健康。

我覺得媽媽確實是位奇女子；她的為所當為以及有所不為，無不反映了她面面俱到、多才多藝、嚴以律己的特質。我也因此時時提醒自己，想要完全追上她的成就，今後顯然還有很長的路要走。

《傳家》是媽媽寫給我們三個孩子的書，精彩的出版了十幾年，除了生活文化歷史禮節，我開始看到書中不斷提點著我們要「如何做人」、「如何處事」的用心。她的種種叮嚀，將會在我人生不同的階段指引我，為此，我的內心深切感激。

著墨在文字後面的用心

JJ

《傳家》雖然已經出版多年，但由於自己長年受美國教育，中文素養能力不足，我必須很慚愧的承認，直到二〇二一年底英文譯本正式出版，我才真正理解這套書的精妙之處。媽媽付出了巨大心力，完成《傳家》這一套巨作，並且翻譯成英文，令我佩服不已。稍微懂一點中文和英文的人都會明白，要在這兩種語文之間做轉換，絕非易事；英文單刀直入、直截了當、生動活潑；中文卻富含詩意、經常間接委婉，又充滿各種成語與俗諺。這套書包羅萬象，感性理性與實用同時兼顧。書中有台式小吃蚵仔煎正確的口味，有中國字在說文解字的介紹，又有從歷史故事中帶來的人生啟示等等。書中更有她描繪女兒成長，心中既興奮又傷心的來龍去脈，這複雜的情緒需要完整的敘述，在一般譯者可能顧及不到文化因素，輕易帶過，不能準確進入這位中國母親的思緒，媽媽總會覺得遺憾；我偶爾聽到她深夜與英國的翻譯者及出版社在通電話時，為一些措辭上的小細節爭論不休，出版單位所謂的「這樣夠好了」是不能被她接受的。英語固然不是媽媽的母語，但她大約能分辨字裡行間的意義落差，所以憑著她的堅定與毅力，鼓舞出版團隊與她一同盡善盡美，確保翻譯文字盡可能接近原作。因為她要傳承的，有許多是著墨於文字背後的深層意境。

去年，在英譯本出版前夕，父母來到舊金山與我們相聚，我約了一些朋友一起吃個便飯。其中，我的好友凱薩琳來自俄亥俄州，是華裔第二代，她的父母在幾十年前落腳新大陸。美國中西部郊區的亞裔人口稀少，凱薩琳在這樣的環境裡成長，經常覺得自己跟中國文化格格不入。她的父母盡力地規劃了各種活動，製造各種接觸「中國文化」的機會，像是送她去上中文課、學習國畫、定期帶她回中國等，但她無法體會這麼做的意義。隨著年紀增長，她充分體會了做為一個美國人，卻對身為華人的意義只能做到幼稚的模仿。因此，當母親對她介紹了這書時，她立即受到吸引，當下就上網訂購了一套。根據凱薩琳的轉述，讀完這部作品之後，自己對於中國文化獲得了新的理解及連結，讓她對以前所知道的粗淺中國文化，填入了更深刻的認知。凱薩琳說：「我很高興你的母親花時間把這本書翻譯成英文，因為最需要英文版《傳家》的人，正是只懂英語的華裔族群。」

根源之美

小元

事後看起來，十二年的光陰總是轉瞬即逝。差別在於，我們是不經意的讓時光流逝，還是有意識的讓它流逝，媽媽只要醒著，手上就總是在生產各種工作，她毫無疑問屬於後者。二〇一〇年出版的兼具百科全書、食譜、時尚、指南、教科書、回憶錄的四冊《傳家》，就是歷經數千小時的編輯與多年耕耘的成果。這部內容包羅萬象的非典型巨著所體現的，是我多才多藝的媽媽——姚任祥，她似乎把所有的生活教誨全部濃縮在這一千兩百頁裡。然而，當年我們並不知道，這部開創性的作品，只不過是她的第一砲(開場白)。在過去的這十二年間，第一版銷售的兩百四十萬美元收入，全數捐為台灣某所大學的興學基金。後來在中國大陸發行的簡體中文版，好評不斷，也得到外文局的好書獎。而花了十年翻譯完成的英文版，也已由英國的HarperCollins

出版社於西方各國發行。日文版的翻譯工作也幾近完成，即將付梓。但更令人難以置信的是，她除了進行上述《傳家》原著所衍生出來的各種工作，同時又展開並完成了《台北上河圖》這個巨大的企畫。這部極具創意且幽默有趣的新作，描繪了台北與眾不同的都會風情及人性本身所展現的複雜演變，特別具有深刻的歷史和教育意義。而且，她似乎總嫌自己手頭上的事情還不夠多，每年一到各種節日，就忙著反覆設計、製作並贈送各種新作品，用她自己定義的現代方式歡欣慶祝。

看著媽媽過去十二年間似乎無盡的創意，我深刻地體會到貫穿她所有工作的一個永恆的價值，那就是：在這個快速變遷的時代裡，這種使命感讓我們腳踏實地，不會隨波逐流。就在這十二年間，人事物風雲變色。十二年前，全世界歡欣鼓舞，揮別經濟蕭條。如今，因為疫情肆虐、經濟動盪，同時，緊張的局勢、極端性的分化、全球性的悲觀主義與國家人民閉關排外，也令人憂心。不論在什麼樣的時代，母親的態度都值得借鏡，也就是致力在文化根源中找到美感，在師法古人中學到智慧。在承平時期探索文化遺產，可以讓我們發揚傳承，也可以與世界分享我們的生活方式。在困頓的時代，學習先賢的教誨，可以確保我們免於重蹈各種覆轍。在《傳家》與《台北上河圖》中，都彰顯了同樣的啟示和反思。

未來的世代將有更多的不確定性，特別是氣候變遷的苦果有加倍頻繁之勢，這也無疑地將加劇人類的相互衝突。若是渾噩度日，外在的動盪勢必令人更加不安；反之，我們仍能主動選擇人生的職志，就如同媽媽多年來堅持的使命：頌揚傳承的美感，汲取先人的教誨，為全體人類打造更美好的世界。

對我自己來說，檢視自己不同階段的人生際遇，《傳家》對我來說也別具意義。當時十八歲的我，正要去唸大學，我帶著這套書的首版，負笈前往美國德州的萊斯大學就讀，展望海外的新生活，自然滿懷嚮往與憧憬。對於當時的我，《傳家》是我在意識層面的文化歸宿，在探索美國新生活的過程裡，不致因此而忘卻自己的根源與祖訓。

如今我在美國住了十二年，在五個州之間來來去去，巧合的是，接下來我又要重溫十八歲時候的相同情境，這次我帶著最新出版的英文版，前往史丹佛大學繼續在專業領域學習。我更加渴望將自己的文化成長背景重新串連起來，把這部《傳家》當作中式生活藝術的案頭參考書——從古老的格言、傳統的食譜、打麻將、藝術美學……在我看來，梳理自身所融合的兩種不同文化，對於任何離鄉背井的人來說，都將是人生旅途當中重大的一步。

JAZZ
爸
媽
姐
J
小天
mother's
2006

家傳 / 姚任祥作 . -- 第一版 . -- 臺北市 : 遠見天下文化 , 2023.08
396 面 ; 12.5×21 公分 . -- (社會人文 ; BGB551)

ISBN 978-626-355-301-9 (平裝)

863.55　　112009995

社會人文BGB551

家傳

作者 — 姚任祥

總編輯 — 吳佩穎
社文館副總編輯 — 郭昕詠
副主編 — 張彤華
封面及內文版型設計 — 尹琳琳（特約）
內頁排版 — 簡單瑛設（特約）

出版者 — 遠見天下文化出版股份有限公司
創辦人 — 高希均、王力行
遠見・天下文化 事業群榮譽董事長 — 高希均
遠見・天下文化 事業群董事長 — 王力行
天下文化社長 — 林天來
國際事務開發部兼版權中心總監 — 潘欣
法律顧問 — 理律法律事務所陳長文律師
著作權顧問 — 魏啟翔律師
社址 — 台北市104松江路93巷1號

讀者服務專線 — 02-2662-0012｜傳真 — 02-2662-0007；02-2662-0009
電子郵件信箱 — cwpc@cwgv.com.tw
直接郵撥帳號 — 1326703-6號　遠見天下文化出版股份有限公司

製版廠 — 中原造像股份有限公司
印刷廠 — 中原造像股份有限公司
裝訂廠 — 中原造像股份有限公司
登記證 — 局版台業字第2517號
總經銷 — 大和書報圖書股份有限公司｜電話 — 02-8990-2588
出版日期 — 2023年8月31日第一版第1次印行

定 價 — 750元
ISBN — 978-626-355-301-9
EISBN — 9786263553705（EPUB）；9786263553637（PDF）
書 號 — BGB551
天下文化官網 — bookzone.cwgv.com.tw

天下文化
BELIEVE IN READING